想念的總和

Emily Chan

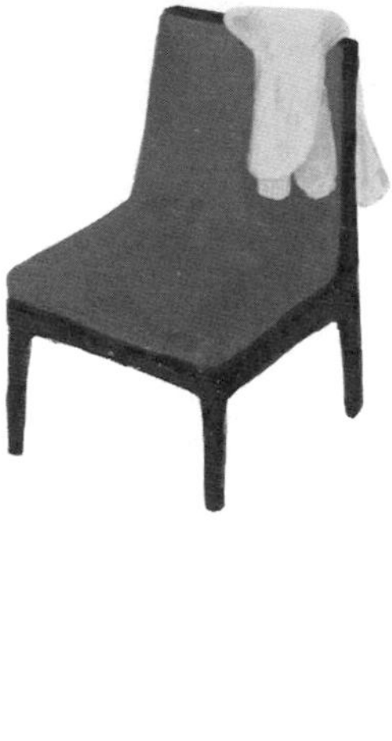

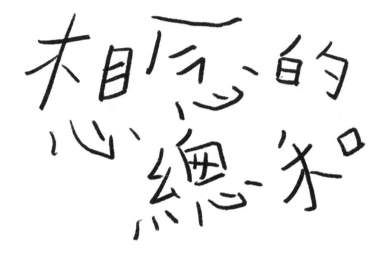

目錄

目錄

輯二　最食人間煙火

目錄

輯三　在抵達明白之前

謹以此書獻給Tovi陳炳權、糰糰江勇志、

美咪江麗嬌，和陳明珠，四位大天使帶來的客人。

自序｜

靜靜變好

Tovi死後，父母離世，經歷分手和搬家後，這幾年裡大部分年月的日程都一樣。

每朝在充滿期盼的「喵」聲中起床，下樓餵貓，簡單打掃和清貓砂。明珠埋頭吃肉時，我上樓整理睡房，靜坐、瑜伽，之間再餵幾次貓。貓吃飽換我，明珠會檢查我當天的早餐，守候在側，看準我吃完最後一口（有時候還沒吞），便翻滾扭動，邀我梳毛和摸摸。待她心滿意足，便開始一天忙或閒的工作、起伏或平穩的心情。經常整天一言不發，偶爾與貓眉目傳情。直到晚上，睡前跟明珠說愛和謝謝。周而復此。

許多失去之後重新學步的第一次，好過或不好過的日子，我都這樣過。但又想，能夠這樣平安度日，安安靜靜地重塑自己，說實在的還有什麼不好？

再次想起作家李娟的話：「無論如何，我點點滴滴地體會著這孤獨，又深深地享受著它，並暗地裡保護它，每日茶飯勞作，任它如影相隨。我藉由這孤獨而把持自己。不悲傷，不煩躁，不怨恨。平靜清明地一天天生活。記住看到的，藏好得到的。」

我也把經歷過的記牢，得到的藏好。孤獨是我很需要的空間，讓我在裡面想通一些事，記念某些情。有過悲傷和煩躁的階段，但也慢慢消化，靜靜變好。

神奇的是，開始浮現訴說的慾望時，出版的邀請便出現。於是回顧走過的路，調出沿途風景，點算採到的小珍珠，串成這本《想念的總和》。我的生活，與生活裡的想念，都是不張揚的默劇，這次卻揭露所有潛台詞。

歷時約半年，工作以外再產出需要勞動情緒的文字，挺有壓力的。但我想不起上次是什麼時候，有一件讓我如此投入、這般相信、感到身心對齊的事了。每篇文章敲出最後一個句點後，都感覺站穩一些。若說寫作能療傷，對我而言它是最後一步，撕下人工皮的動作。檢視癒傷組織，試探撫摸，使力按下去，確定自己受得了有餘，讚美人類自癒重生的力量。

可是，當稿子累積得差不多，編輯傳來目錄編排時忽然心慌：「天啊，我寫了些什麼？」動筆之前擬大綱時，設想至少一半是貓情話與日常小品，覺得這可能是讀者想看的東西。必須掏心掏肺的，應該只有寫Tovi過世的〈大天使帶來的客人〉。關於分手和父母離世，本來打算找個抒情的角度，隱晦地訴說淡淡哀愁。但每每在空白頁寫下第一句，劇情就暴走了！

比方〈愛哭的孩子有彩虹〉，一心想寫彩虹曾經帶來的安慰，隨即發現，若要描述當刻的感動，必須交代血淋淋的前因……又例如〈燙衣服〉，本想記錄一個關於自愛的小領悟，原意是溫暖雞湯，但寫著便時空穿梭，把以為一輩子不會說、不必說的祕密抖出（變苦瓜雞湯？）。這種超自然現象，廣東諺語稱作「鬼拍後尾枕」，就像有隻無形的大手拍打後腦勺般，讓人情不自禁吐露真言。

書中那些非直線敘事的文章都這樣完成。像〈等到心也明白這些字〉，明明開場平靜，寫到某個段落某個詞，卻不得不停下來哭一場。〈地震帶上〉、〈等待的修為〉與另外幾篇，大多時候根本不知下一段又翻出什麼。腹稿淪為糞土、字數徹底失控，這不是我！但又幸會這個我，並決定要保護和扶助她。往往寫完如大夢初醒，疲勞但舒暢。那陣子吃了大量的冰淇淋，現在回想起來不禁覺得恐怖。

快要成書卻情怯。細想原由，可能慣性把有點刺激的真話留在心裡，善於把自己變輕縮小，好讓別人容易接受。但我不想再這樣了。其實生活中苦澀和沉重的，如同甜的輕的一般自然。悲傷與失去並沒有難以承受，尤其當裡面還有那麼多溫柔和情分。我覺得直面殘酷的勇氣，就是愛的勇氣；哀悼的能力，就是重生的能力。黑暗與光明，一樣富含養分。

有天打開新文件要開始寫（若沒記錯是〈大天使帶來的客人〉），明珠忽然跳上鍵盤，踩出一行：PPPPPPPPPPPPPPPPPPPPPPPPPPPPPP。似乎是個頑皮鬼臉，然後說屁屁屁屁屁……我謙卑同意。比起動物的本能智慧，人類的語言某程度上只是虛無的屁。但作為人，我還是想記錄在案地謝謝明珠。

是她使我每天從期待中醒來，在感恩裡入睡。在任何境況（真的任何）她都能讓我發自真心地笑。看到她，便看到世間純真的美，更讓我知道，自己從未麻木或乾涸，一直保有欣賞與付出的能力。

懷疑人生的時候，亦不曾懷疑她把最多的愛與信任交付予我。有時候想，怎麼這麼幸運有她？繼而想起，我還有很多幸運的其他。偶爾客觀讚嘆，這隻貓怎麼這麼有福氣？某天覺悟，有她的我，自然也是有福之人。

因此還要感激挫折時，現場或越洋陪伴的、賜糧食與物資的、帶我看海的、陪我想主意的、諄諄提點的、說有電鑽可以幫忙鑽牆的、抱我的、敲我的，和用各式方法表達溫柔的人，我通通都記牢藏好。

平日在臉書分享貓的可愛，配搭片言隻語，通常是在放鬆的一刻，突然捕捉到喜悅或傻氣的小念頭，盼能傳遞一秒甜美或愉悅。就像卡布奇諾表面灑了可可粉的一口奶泡。而這本書，撥開奶泡是有點濃度的內容物，不知能否藉由甘苦的溫度，帶出一點觸動或啟發？真盼望可以。

我很珍視這本書。因為它是靜靜變好的證據，是歲月育成的珍珠，雖然並不光潔無瑕。我不曾這麼相信自己，不是自信有多好，而是不管好不好也能相信了。

最後，感謝你買這本書，它很高興被看見。

祝福你開解自己的能力，比為難自己的能力更高。每天靜靜（招搖也可）變得更好。

花兒無處不在，想看的人總看得見。

輯一

掌心裡的餘溫

人生無論走到哪個階段，依然有無知、恐懼。因此，世上沒有一個人不會犯錯、不會傷害，這就是我們的世界。

若能逐漸理解一個有缺陷的凡人，便等於進一步了解不完美的人間。

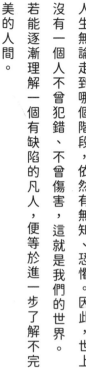

唉，我愛你

有天看到從前抱著貓的照片，隔了一點時空距離，感覺特別觸動，情緒驟然填滿胸腔，直往上衝，鼻子眼眶一酸，從肺腑吐出一句：「唉，我好愛你。」

腦中聽到這句話，奇怪愛從何時開始，會帶著嘆息？嘆息裡頭是什麼？愛不是該全然愉悅、純淨、明亮、無邊像海，輕盈如風的嗎？

不是。如果誠實，就會承認愛裡有懼怕。愛會讓人做害羞張狂的事；忍耐和恩慈常常徘徊在不夠用的邊緣；我的愛裡還會有計算、忿恨和苦澀。愛未必能像大海，比較像心頭的湖泊；未必如沐春風，有時候更像狼狽潮濕的雨。

愛裡有勇氣力量，也有恐懼和無奈。會嘆氣，是因為無力感。把自己的脆弱赤裸呈獻，任由處置，怎可能不害怕到發抖？明白身處險境，卻又無意逃跑，於是便為自己嘆息。嘆息也出於唏噓，伴隨情感呼出的那口氣，為著流逝的歲月，與其中過了的事、遷了的情。

因 Tovi 我才認真學習愛；十六年後他走的那一夜，我好像真的學會了一課。

「我愛你」這三個字，大多時候也不如字面單純。說一百次，可以有一百種潛台詞。心中有愧時，我愛你說的是對不起；心中有怨時，我愛你是控訴你怎麼可以？或者說愛去求饒求情，說愛作無奈總結。

讓我最深刻反省的一句我愛你，是對我第一隻貓Tovi說的，於他斷氣的那一夜。

在充當臨時停屍間的書房，我將冷氣調到最低溫，跪在冰冷蒼白的地板，對著他熟悉又陌生的身軀，好像該把握機會說些什麼。千迴百轉，只能笨拙地說：「Tovi, I love you.」本來平靜的表象，因為這句告白終於潰堤。

然而，哭不因為別離的不捨，是說出這句話之後，對自己的深切懷疑。我有愛到他嗎？有愛好他嗎？不知道，不確定。我對自己的表現毫無把握，所以痛哭。

對人才不會如此講究，人根本犯不著，反正大家都千瘡百孔。但對這隻親愛單純的小動物，他值得我體內每個細胞的赤誠相待。想了一下，改口說：「I love you, at least I tried.」至少我試著愛你。天知道我已用盡每一分心智與力量去嘗試了。

自從那夜，我對愛有了新的理解。也許愛不是達到某個標準，付出多少分量。可能愛只是朝著那個方向靠近的過程。沿途踉蹌、跌倒、停滯甚至後退，每一步都算；只要心眼死命盯著那個方向，爬也要爬過去，都算。

不用期待有亮麗傲人的成績，亦不要相信其中有甲等或一百分，愛只有努力獎、進步獎，參與就是榮幸的安慰獎。

現在每晚臨睡前，我會看看明珠在哪裡，走向她，蹲下來說愛她，親一親（或連環親）然後道晚安。其實知道貓未必喜歡被搓揉和親吻，聽到人的示愛通常也僅僅一臉嫌棄，可是作為一天的總結，我只能請她擔待一下了。

我與貓的晚安對白一直在演變，從前會試著回顧一天，但家貓能有什麼日程？搜索枯腸只能說：「珠珠今天曬太陽從清晨到黃昏呢，好棒，好舒服啊～」可是她漠然愛睏的臉，讓我自知在講廢話。

後來認為，該以讚美來結束一天，於是想想她今天做了什麼可以大力稱讚的事。「珠珠今天吃了兩罐肉！有喝水有尿尿，還有大便，好棒！」說了幾次卻不禁遲疑，難道一定要她做到讓我安心滿意的標準，才值得愛與肯定？

乖珠，晚安啦。

有時候我犯了人類的通病，就是展望明天。「我們明天再吃肉，再曬太陽好不好？」見她連眼縫也沒有睜開，我就想起，貓其實是活在當下的智者，過去與未來於她何干？不過是說給自己聽罷了。

到底說什麼才有意義？怎樣的出發點才最接近純粹、無條件的愛呢？

爾後發展成：「珠珠，今天也謝謝妳，感謝妳的存在。我愛妳。完美的孩子。」這是到目前為止，自忖最妥善的每日道別了。

沒錯，是道別。

說完我停頓了一下，從她面前站起，這一站其實需要一點力氣，不是膝蓋軟骨的問題，而是轉身那一刻會想，要是明天我不再醒來，或起來發現她已經斷了氣。也可能我們與這個世界都沒有明天？若是如此，這樣的告別夠嗎？

夠了。

這個「夠了」，讓我每夜躺下的時候，懷著對她，對自己，對生活的一點愛意和謝意，闔上眼，舒一口氣。

唉。嘆息也代表滿足。

永遠當一個野人

社會和人際間有些潛規則我一直參不透，大眾好像有把共用的尺，而我沒有。最糟糕的是，就算別人告訴我那把尺是這樣子的，我依然不明所以，因此，執行時要不是百般抗拒，便是滿腔困惑。

人情世故

從前某個老闆的老父過世了，辦公室總務問我要不要參加葬禮，我試圖從她臉上尋找正確答案的線索，卻不果，便試探地緩緩搖頭。她不可置信地瞪眼說，她認為我們應該要去，我馬上改口說好，我去。心裡想，那妳直接告訴我嘛，不然我怎麼知道？老闆又不是跟我有親，我為什麼要浪費半天珍貴的假日去一個陌生老人的葬禮？

對於人際交往，我的距離感好像有點異於常人，許多情況會感到事不關己，因此可能給人突兀或無情的印象。而在職場當個不正常人會引來一些麻煩，甚至遭受批評或排斥，只好盡可能偽裝正常。那天出席葬禮，我全程跟著同事，模仿她的言行舉止，終於順利完成了任務。本來以為這應該只是職場文化的規距，但在場目睹老闆與家人流露哀思，我總算為此行找到了意義，能夠見證和陪伴他人的脆弱，花半天也算值得。

小時候曾因為不諳人情而捱罵。當時，從外國回來的三姨和表弟暫住在另一個阿姨家，媽媽委派我送一盒樂高和手錶去給表弟。當時我是個小學生，一個人拎著一大盒禮物搭地鐵出發，心情緊張又複雜，好羨慕表弟可以有這麼高級的樂高啊，心想我連最小盒的都沒有，妳買的時候不曾想到我嗎？感覺像個飢餓的孩子送牛奶去給別家的孩子。我沿路數著車站，找尋正確出口，小心認著路來到了阿姨家。而三姨和表弟剛好不在，我說明來意後，恭恭敬敬放下禮物，阿姨招待我坐，不知隔了多久，我覺得坐夠了便告辭。然而，回家媽媽便大發雷霆，責備我怎麼不等人出現，親口跟三姨說這是她送的禮，放下就走？蠢人！當年我紅著眼想，禮物又不會消失，阿姨會轉告他們的啊，我怎麼知道要等？怎麼知道妳不信任人？

以後知道了也沒有用，因為一樣的情境甚少重覆，人間只有更多人情世故的隱形規則，若我內在的天秤判別不出其中意義，便會因為無法認同而無所適從。比如過年給管理員紅包，不是把事情複雜化了嗎？管理公司給自己的員工不就好了？搭車、上館子或接受服務要給小費也教我相當徬徨，有朋友說，妳想給多少就多少啊，問題是我根本不想給。如果他要，不如定額列入帳單讓人一次結帳吧⋯⋯幸好這方面在台灣相對輕鬆，搭計程車、上餐館、理髮和一般服務都沒有小費文化，讓我每次付帳都有一點感恩。真希望大家能看見，讓互動維持簡潔是一種美，也是對腦細胞的善行。

心意

比送樂高去阿姨家更小的年紀，我有次跟家人去中國大陸，到一個親戚家裡作客。其實在都市出生成長的我，像一隻只活在室內的籠飼雞，最初看到鄉間的平房、泥地、到處跑的家畜，感到很衝擊也很新奇。發現鄉下吃到的菜都澎湃豪邁，肉比較韌又多骨頭，水的味道也完全不同。那個親戚叔叔領我們進屋子，他已預備了午餐招待我們，熱忱的態度讓我感到自己是他期待以久的貴賓。我觀察室內不平滑的牆壁，掛曆和風格陌生的傢俱擺設，幽暗處也不開燈。木桌和凳子又厚又重……桌上擺滿了碗筷，中間是一大鍋湯麵。我跟大家圍著坐，叔叔親切地點名叫我多吃點，他自己唏哩呼嚕吃得十分高興。我吃著小碗裡的麵，心想這豈不是出前一丁*？

許多細節我忘記了，只記得離開之後爸媽壓低聲音交換意見，討論為何會到吃出前一丁？「對他來說，這大概是難得的進口食品，劏雞殺鴨反而普通呢，他特地拿最好的東西來招待我們吧……」想起主人好客的笑容，真誠的動作聲線，覺得這趟經驗有趣又溫暖。況且泡麵本來就是好吃的東西。

真感謝爸媽當時善良地設想人家的心意，並讓我偷偷聽到。成長的每個階段，只要想到「心意」，還是會想到那鍋泡麵。它在我心裡已經化為一個雋永的童話。人的價值觀可以南轅北轍，假如對方送出自己視為珍貴的，就是珍貴的了。

過了許久，我在台灣才學到「野人獻曝」這成語，宋國有個農人只穿薄衣熬過寒冬，到了春天曬太陽取暖，覺得曬太陽這方法真好！不如把點子獻給君王吧。然後便遭人譏笑他不曉得有錢人根本不會受凍。而我完全無視這成語的貶意，直覺「野人」親切得很，某程度上也期許自己要永遠當一個野人。況且春日陽光本來就是美好的事。

禮物

物質與心意的關係為何？這是我成年後，收授禮物時經常思索的問題。年紀老大才終於獲得一盒巨大沉重的樂高，收到禮物當下的驚喜、喜悅和感謝，在內心滿溢而出。其實自從出來工作，理論上只要我想，便能每個月買一盒當年送給表弟同等級的樂高，但怎麼看怎麼想就是買不下手。可能心裡某個部分還是不想

＊一款日清品牌的泡麵。

背叛當年的媽媽；她會花錢為我請補習老師，買一大堆參考書讓我做到天荒地老，想吃任何菜式都可以點，但玩具這種沒有效益的奢侈品就免了。

於是我也對自己說太奢侈了，我不應該擁有。然而，竟有一個別人，她為你這種自制感到不忍，給你買一盒更大更棒的，出錢出力跟你說：「你應該擁有。」我抱著那盒樂高時覺得……終於。內心有個陳年的「終於」，那一刻它被超度了，升天了，慈悲地俯視地上抱著一盒彩色硬膠積木的中年女子。

不知道每個人的心裡有多少個「終於」，在暗處經年遊蕩，等待自己或誰來當善人，給它獻祭超度？

我有一陣子很憂鬱，成因千絲萬縷當時也說不出來，遠方的朋友知悉後，火速捎來一包禮物。當中有一塊很大、很重、很潤、很香的乳白香水皂。她說，這是她人生中遇過最香、最高級的一塊肥皂，所以送給我。我像餓鬼一樣拿著它猛吸，迫不及待天天拿它洗澡。浴室瀰漫著濃香蒸氣，它真的很香，香到我沒有辦法不知道自己被愛著。

這肥皂本來像塊溫潤巨大的石卵，逐天逐點縮小，香氣也漸漸淡薄。到剩下三分之一我開始省著用，幾天才拿來洗一次，再後來，只有在心情很需要的時候才沾濕抹一點點。終於它薄成一層皮，我用姆指與食指拈著看它的側面，依依不捨。還想過要不要自己上網買？隨即明白，沒有用的。它的任務終了，禮物不宜貪，宜感謝曾經擁有過。

這塊香水肥皂教我更加明瞭現實。禮物的價值不在物件本身，是附身其上的心意，而心意像一種能量，爆發後便蒸發，如同香氣抓不緊也留不住。只能趁濃烈時盡情吸入。即使禮物本身不是消耗品，比如那盒不朽的樂高吧，組完了、玩夠了，情深意重地放在顯眼處展示，可能經過一年半載，幾次整理家居仍不允許自己收起，怕顯得忘情薄倖。

終有一次對自己坦承：看著它時你已經沒有感覺了，與其放著受冷待和惹塵埃，不如把它好好收起還比較尊重。收進曾讓你激動狂喜的包裝盒，端端正正置放到儲物層架裡，你動作慎重因為仍記得它的貴重。只是「記得」，但凡記得即代表過去了。感受霎眼而逝，現實是否太殘忍？我們做人要公道一點，好的愛的感受會過去，壞的痛的感受也會過去，殘酷與仁慈原是一體。

因此，得到喜歡的、負載感情的禮物，無論體積大小，昂貴或便宜，每一件我都會趁新鮮好好看著它、觸摸把玩它，這是我汲取心意的過程。想著對方某時某地心裡有你，不厭其煩為你挑選，整理，包裝，拿去寄或帶來給你。如果收到的是食物便更好辦，就用整個消化系統來吸收愛。我收過好友從澳洲寄來的聖誕禮物，箱子在郵寄途中破掉了，裡頭的東西摔得一塌糊塗，主要是一些超市買的零食。再看看郵戳一驚，那郵資可能是內容物的八倍價錢吧？天啊，這就叫做「千里送鵝毛」！是跟「野人獻曝」同樣教我認同的成語。

其中，裡面一包薯片的包裝袋也破了，把所有東西弄得油膩膩，撿拾碎散的薯片放進嘴巴，嗯，有壞掉的油味。我一邊吃，一邊興奮地寫訊息跟好友道謝，她說那是她認為全澳洲最美味的薯片，一定要讓我嚐到，其他亂買的糖果餅乾只為搏我一笑，然後笑稱全都是很無謂的東西啦。我誠心地說，妳寄垃圾給我，我也開心。真的，她到現在也不知道，野人我把油耗薯片全都吃掉了（野人強健沒有拉肚子）。

你值得

身邊有些親愛的人，尤其在比較早年，會跟我互贈一些捨不得買給自己的禮物。可能物以類聚吧，大家心中各有一個「太奢侈了，你不應該」的克己聲音，但若為別人付出則可通容。潛台詞昭然若揭：「你不值得，但別人呢，別人值得。」如果送禮傳遞的是疼愛，我們最初都不太敢愛自己。正如能夠毫不猶豫給別人鼓勵、信心和寬容，卻鮮少給自己。我們像長筷子寓言裡面的人，手上只有一雙三尺長的筷子，不能夾菜給自己，卻能盡情夾給對方。

收授禮物，是被愛與去愛的縮影。這種彼此餵食的經驗，一開始還是教人不知所措，難以置信，受寵若驚，「你怎麼對我這麼好？怎麼會？」一心中仍有強烈的不配的感覺。需要很多年、無數次之後，才漸次動搖：會不會，可能，其實，我值得？這三個字從嘴巴會說，到頭腦接受，直至心裡不驕不矜地相信，是好——長的一段路啊。然後有天，你有了一長一短的兩雙筷子，不用等人餵食，而又能為別人布菜了。

謝謝你沒說錯話

她看起來好正派好健康喔，端坐整個小時腰板挺直，膝蓋併攏，認真傾聽的同時密密筆記，Ａ４紙上自成行氣，還分段落縮排呢……諮商室裡我觀察面前的心理師。在見過的心理師當中，她給我最超現實的體驗。

剛來台北時，一個香港的舊上司問我適應了沒，我反問適應的定義是什麼？她說比如去弄頭髮能溝通自如。當地人的平常事，對外來者都是小小的里程碑。漸漸地，我能夠毫無障礙在台灣理髮、配眼鏡、洗牙、到警察局報案、乘搭救護車、跟公務員理論、以非母語心理諮商……應該算適應得很。

可是，每隔一陣子還是會憂鬱，這難道意味著我還沒完全適應人間或自己？攘外必先安內，安內最難了。

加油・飲料・你好嗎

前一次在台北找的心理諮商所，到了門外才看見一堆鞋和拖鞋，有點抗拒，但沒有力氣轉身離場，便妥協脫了鞋進去。填妥資料走向房間，出現的心理師跟她網路上的照片也差太多！認不出來！從前做設計經常修圖，想到本人也藉著隱惡揚善的技能謀生多年吶，遇到「照騙」只好告訴自己是共業。大家呈現的表象永遠美化且片面。其實諮商室裡面也一樣，當事人選擇性地吐露心事，心理師則拿出超乎凡人、日常罕見的專注、同理與接納。這五十分鐘是一場有價的交易，但其中也有無價的交流。

初次會談時，她問我有沒有吃精神科藥物，我說從前有，她要求我繼續吃，說雙管齊下她才能幫我。我不喜歡談條件的脅迫感，但想到，求助本就是不斷投降的過程，於是回去乖乖掛精神科（後來稱身心科）。一個人情緒失調時，光醒著便是巨大內耗，維持日常運作已天天透支，再找專業人士、預約、整裝出門、跟陌生人解釋自身狀況、事後恢復元氣……求助所需的身心負擔就像入不敷支、判斷力打折的人還去賭博。賭贏可望翻身，運氣不好不單沒有幫助，還更傷更累。麻煩的是，一旦開始了便騎虎難下，不賭下去又會質疑自己沒有盡力嘗試。求助是一場成本高昂的冒險。

而助人者也不容易。這心理師看似三十來歲，每週見她身上的衣服都有點殘舊，偶有洗不掉的汙漬，頭髮失修，後來得知她有兩個小小孩，難怪。另一邊廂看診領藥，醫院環境寬敞舒適，但進入診間有極大反差。慘白的日光燈，有歷史感的鋼質辦公桌，我坐的是嘎嘎作響、殘留陌生餘溫、沒有靠背的凳，像小吃店流水作業的策略性選椅。這診間擺明不是讓人放鬆逗留的地方，比較像快速篩查病情的驛站，為的是到終點領藥。

我約到的男醫師比心理師更年輕，他臉容疲倦，看似長期睡眠不足，體態浮腫，我馬上想起一些關於醫護過勞的報導文章。心想可能他壓力大，亂吃又沒時間運動吧。他講話時我會怕聞到上火的口氣，直覺認為他該吃點疏肝的中藥。為了不造成彼此的負擔，簡明回應他的提問，好盡快結束，不耽誤外面跟我一樣等了很久的人。

忘了因為颱風、地震或要搭飛機見我媽，焦慮與失眠變得更難以承受，那些正念、冥想、呼吸、花精都無用，最後寄望藥物或能救急。回診時，跟醫生說我情況惡化了，不知道調整用藥會不會有幫助？他的視線從電腦屏幕轉向我，說不認為有需要調整。叫我要忍耐，要靠自己努力撐過去，最後握拳一振叫我加油。

我的心一下沉到海床。怔怔看著他滿佈血絲的雙眼，覺得荒唐又絕望。這醫生自己到底撐了多久？叫我加油？他有沒有想過看精神科吃點藥？不，他應該最知道藥物治標不治本，無助人生盤根錯節的結構性問題。

以僅餘的力氣掙扎尋求生路，卻找到死路，這就是求助的最大風險。離開醫院，烈日下失魂落魄遊蕩到附近的菜市場，站在廣場中央曬頭殼，想吸收一點陽氣與人潮的生命力。過一會兒很渴，看到一間清心福全便前去買了一杯梅子綠。結果是一杯冰涼的含糖飲料，讓我從絕望中提振出一絲生機。難怪台灣遍地飲料店。大家都辛苦了。

之後我支離破碎、氣若遊絲地對心理師說，我沒辦法再看醫生了，他叫我加油；我溺水伸手求救，他卻給我擊掌 high five。她同仇敵愾地指責他不該叫我加油，然後勸我考慮在同一間醫院換她認識的另一位醫生，一位退休但回去兼職行醫的老太太。

過一陣子積聚到勇氣約見老太太醫生，甫坐下，她便慈祥微笑，看著我問：「妳好嗎？」我立即淚崩。因為我很不好。而且她讓我想起小時候慈祥的外婆。我為失控的眼淚道歉，在這灰敗簡陋的診間，護理師走來走去，我在坐立難安的椅子上很快便要走，哭是很狼狽的主意。而老太太醫師溫柔緩慢地說：「不用為眼淚道歉，會哭是因為妳傷心呀。」聽進耳裡但覺燙貼無比，是啊外婆，我傷心到說不出來，辛苦到不知怎麼辦。

我始終不確定是時機、個人、表情聲線、氣場或緣分的關係，怎麼有人一句無惡意的「加油」會把人推落萬丈深淵；有人一句普通的「你好嗎」可以讓人卸下千斤重擔。幸好背負重擔從深淵爬上來時，還可以點杯飲料。

任何故事都能用三句話說完

當年那位心理師具備充分的愛心，雖然我覺得她太快裝熟和表現得太激動。我講話慢，狀態不好時表達能力更差，她好像迫不及待想替我把話說完，安靜時有一搭沒一搭地講道理。她會用帶小孩的經驗作比喻，但我毫無共鳴，結果更加心不在焉，目光不由自主落在她身上的汗漬。有時候我講完，她會得意地說：「我就知道！」聽我說到傷痛經驗會落淚，我看到她的真情，卻同時疑惑著我是來說感人小故事的嗎？唉，我真的很麻煩又挑剔……我喜歡她在我完全失神時，催前直視我的眼睛，把我的精魂喚回來，這似乎是跟自閉兒溝通的方法？我好像沒嚐過這樣不帶責備的關顧，像走失的狗被好心人牽引，徬徨中感到一絲溫暖。

我說Tovi衰老病懨懨的樣子令我想到爸爸，因而心生抗拒，我怕到Tovi臨終，仍由於心理障礙不能親近地愛他陪他，然後為這雙重的愛無能自責。我說之前寫了一本短篇故事集，覺得自己無才又丟人，收到出版社的一箱贈書也羞愧到不想打開。但又懷疑以上一切都只因為我腦袋失靈，以致對人對事的判斷扭曲不實？我不知道可以相信什麼和怎麼走下去。很不快樂但覺得沒有不快樂的空間與權利。她告訴我Tovi是Tovi，牠將來過世，妳一定會很傷心；言之鑿鑿說我是個聰明努力的人。可惜她的說服力太單薄了，如杯水車薪，我內在可是有整支軍隊在自我攻擊呢。

後來才知道，跟她訴說的其實都在繞圈，這是一場注定成效不彰的諮商，原因是我無法坦誠。我絕口不提當時親密關係裡的問題，也看不清楚那才是不安與壓力的重大來源。

我傻傻以為，提及彼此間的衝突和自己的感受，就等於說對方壞話，就是背叛。很久以後才弄懂，如果實情就是糟糕，聽起來再壞，也只是事實；否定自己的經驗和感受，才是最大宗的背叛。當時懷疑一切都是我有問題，只要努力變好，更懂得溝通，更用心付出，便能克服難關。（誰跟你克服？）爾後才領悟（啊多麼痛），若別人早懷厭棄之意，付出再多心血，都只是浪擲和糟蹋。

由於換藥一度出現強烈副作用，幾次昏昏沉沉無力赴約諮商便不了了之。我愧疚地對外婆，不，老太太醫生告解，她溫柔安慰我說：「心理師會明白的，妳不需要自責。」唉，她的話語好比天籟。每個月回診，漸趨穩定變成三個月一次，如是者一兩年。

小時候看作家亦舒說：「天下間任何故事都能用三句話說完。」某次，我用三句話向老太太醫生報告近況：「我的貓死了，爸爸死了，我分手了。」她正色追問，但那診間真不是讓我放心講話的地方，她問不出什麼，只好把回診頻率調高。離開診間時常常想，走出這道門的人下次是否會再出現？可能有些中間就出事了。能夠一次次回去，是因為努力、選擇，或命數？也許還能夠選擇努力，努力還管用，已算是好命。

幾個月後，老太太認為我應該再去心理諮商，便聽話。從前外婆的辛酸只能睡覺前一邊抽菸，一邊跟幾歲大的我說，現在我可以找心理師，是值得惜福的世代紅利，為什麼不呢。

一個人的游泳池

這個人的膚色有曬過太陽，眼神正直誠懇，聲線溫婉，坐姿超級標準，整個人好健康喔……我內心頻頻讚嘆。上網找到了一家看來光鮮整潔的諮商所，聽天由命讓櫃台幫我安排心理師（反正親自看照片選也會有地雷），終於遇到一個妥善自我照顧，看起來不像自身難保的助人者，我不用分心體諒她了，謝天謝地。什麼階段與誰相遇，那人又處在什麼樣的人生階段，彷彿上天自有精算。

但看起來這麼健康純良的人會不會只是笨？（對不起我承認自己思想偏差）我這時候很需要對方的聰明搭救。可幸很快發現，她能聽懂我因獨居而日益退化的國語，證明富有想像力與理解力。沒錯，我是人肉測試，有耐性跟我長時間深度溝通的人通常聰敏又開放。

我先笑她才笑，我停頓她等候，悲傷時她嚴肅中流露關懷與同情。我的姿勢如何頹唐她仍精神奕奕端坐，她好謹慎。目測與感覺都沒有紕漏，讓人驚喜感恩。作為一個常看見瑕疵又不想衝突的人，碰上不順眼的要自己妥協看開，遇上比我嚴格的人會被厭煩或被擔待，眼前這個態度認真又不會批判的是稀有人種。就算房間隔音板的紋路很花，地毯偶爾有一小坨頭髮，只要目光向著她便能安心。

對談中只有單方的揭露，要主動填滿幾十分鐘我很吃力，講不下去便看著她，她回看我，臉上有關心、有等候，就是沒有意見。這寂靜令我手足無措，不像跟友人相處能東拉西扯蒙混過去，與心理師對坐在觸手可及的距離，感覺無所遁形，生疏又貼近。跟獨處的安靜不同，那空間像個回聲洞，紛擾念頭電光火石間放大現形：「剛才廢話太多敘述太混亂了！要聽我的廣東腔累死她了！夠坦白嗎？她會不會覺得我煩或蠢或幼稚？現在該說什麼？」……或是發現自己暗盼她的肯定或允許。而她的神色通常只有好奇關注，沒有意見。

小時候參加暑期游泳班，課程結束仍學不會自由式換氣，以為我就是學不會的命。不料多年後，有機會每天去某個會所，偌大的戶外游泳池除了救生員，只有我一個。沒有教練、同學與家長，沒有課程進度要追趕，自己亂玩亂試，居然學會了換氣！累了便到池邊休息，救生員偶爾指點一兩句，聽了我便回去繼續游繼續試。

我漸漸把諮商室當作一個人的游泳池，心理師是從旁提點的救生員，這是個暫時排除外部壓力，自由又安全的練習場。能學到多少就看自己了。我沒有要當飛魚，只想在人生海裡能換氣、不滅頂，最好找到比較省力持久的姿勢，便能浮浮沉沉自得其樂。

謝謝你沒說錯話

在諮商室裡練習說一些最不好說，也最無路可訴的人生情節，為了要建立一個忠於自己的故事版本。恃著心理師有保密與不評論的操守（簡稱必須當好人），我不用稀釋真實感受，不必看開、釋懷、轉念去讓聽者舒服。確定我（傾）吐完，她便檢視整齊的筆記，把剛剛鬆散混亂的內容節錄整理與稍作潤飾，向我覆述一遍。我非常陶醉於這坐享其成的部分，安坐欣賞她表演整理的魔法。

她重述時，我從事主搖身一變為旁聽的審稿編輯，修補滿意便讓故事在記憶裡息勞歸檔。有時聽著靈感乍現，發現可以換個比較仁慈的說法，或同一個故事有別的敘事角度。

我好奇觀摩心理師常用的語言套路，她老是重複我的尾句。比方我說：「……，我感到很難過。」她便說：「妳感到很難過。」一心想，這種回應有何建設性？後來發現，這麼廢的話，原來有助訴說者沉澱，感到被聆聽與認同，亦是鼓勵人繼續說下去的引子。加上適時提問引導，便能讓對方探討與表達得更深入。

雖然聽起來並非炫目的高招，可是，在她潛移默化之下，有次打電話給媽媽我有樣學樣，令往常不超過五分鐘的母女對話創下十七分鐘的高峰！當時不知道，那是我這輩子跟媽媽的最後一通電話。因此，我再也不敢小看廢話。再廢的話也能成為人與人寶貴的連結。

心理師打安全牌的台詞、煞有其事的姿態教我時而納悶，時而蔚為奇觀。平常交談的人，問就直接爽快問，不會說：「聽妳這樣說，我很好奇……」發言便直接講，不會柔聲說：「我不知道這樣想對不對，妳聽聽看……」沒有人像她一邊點頭一邊說：「啊～那我知道了／聽妳這麼說我比較理解了。」正常人會這樣講話的嗎？可是配搭她平穩的愛心演繹，卻讓我放鬆和收斂心神。看似慢速播放或冗贅的話，某些時候是耐心的展現，被耐心對待感覺美好又感人。這表示平常遭受太多焦躁和厭煩的對待嗎？是的，不說別人，我就對自己很不耐。

書中或戲裡的心理治療師隨時說出犀利金句，現實中並沒有，更發覺我根本不需要那些。其實當時甚至不曉得自己需要什麼，是她先源源不絕地供應，方發現我對尊重與安全感飢渴已久。像孤單在旱地走了幾千里，忽遇水源，並且是最清洌的山泉水。她讓我慢慢適應被重視和善待（對，一開始不適應），繼而明白也可以這樣對自己。

常覺得那個零批判、沒有否定、全然接納的空間是異次元，與人相處可以「含氧量」這麼高的嗎？這經驗為我開天眼，想到認識的某某與某某亦具備類似特質，難怪跟他們相處特別安心；開眼之後還開運，生活裡好像更常有美好的互動。不知道一個人要聽多少遍對的話、嚐幾次正確的對待，方懂得辨別這是值得和當有的待遇？這可是比吃喝穿戴更主宰生活素質的品味教育。

自尊自信坍塌的時候，像全身皮開肉綻，血脈神經盡露，吹一口氣也痛。動輒便被粗心或無意的態度話語所傷。分手後和考慮搬家時，我曾經最怕別人為我可惜。每句「好可惜啊！」都像鐵鎚，敲打我才剛勉強黏合的心。我正可惜到說不出話，你卻說得比我還要激動，教我情何以堪。可憐對我也沒有幫助，當我正拚命不自憐自溺，實在不需要這股往下的拉力。有些人會震驚說：「怎麼會？」或「好難過啊！」都教我無奈，難道要我解釋無常或分擔你的情緒？

但即使是專業的心理工作者，我的經驗裡幾乎每個都有「說錯話」的時候，一不小心便造成二度傷害。其實我已接受這是正常與必然發生的事，誰叫自己身上帶傷。當下能做的只有沉默忍痛，之後能躲便躲起來。可是，有次跟一個同樣在接受心理諮商（也曾皮開肉綻）的朋友提到我的心理師，赫然發現，她兩年來完全沒有對我說錯過話！太了不起了。

試過戰戰競競掏出破碎的心，預備承受打擊，對方居然讓你毫髮無傷，全身而退嗎？心被謹慎接住的經驗感動罕有。除了這位心理師的用心，難忘的還有當我哭啼著、手發抖地寫訊息告訴哥哥我是同性戀，數秒後他回應：「謝謝妳告訴我。我想妳知道，無論如何妳永遠是我親愛的妹妹。」

溫厚的話語聽起來平平無奇，或像無味的公式範本。很多時候嫌麻煩、怕矯情便避而不說。一句說錯的話可能被人記一世，甚或到處抱怨；說對的話卻像無名英雄，通常對方聽著舒服就沒有下文了。我想跟生活裡一直默默善良的她和他說，那些溫柔的沉默、平淡中庸但有愛的話語，都是難能可貴的身教。謝謝你沒有說錯話，危難時刻曾小心翼翼接住我的心。因為有你，地球變得沒那麼危險。

幸福與殘酷的蒐集

逐秒逐秒地，一天只要能蒐集到五分鐘的幸福，那天便能支撐過去——韓劇《我的出走日記》裡抑鬱但一直堅持著的女主角如是說。這練習其實我行之有年，幸福的準則具體了一些，我蒐集「微笑」與「心軟」。

心軟微笑的來源分隨機與自找兩種，隨機有時是路上遇到友善的狗或天真的小孩；自找更簡單，若想心情輕盈地入睡，只要看遙遠國度的貓中途一窩又一窩的奶貓。（本地的則不能，若心理距離太近我會擔心人家能否順利送養。）我也愛看聒噪的鸚鵡講話唱歌，與各種動物鬧事，關鍵是別人養的，便能笑得瀟灑。愛是最高級的感受，我迷信這些讓心坎注滿愛與喜悅的時刻能洗滌心靈、淨化氣場。

我也天天看野生動物，並懷疑自己某一世是大象，不然很難解釋為何小象會讓我母愛泛濫，覺得母象親近可靠，對野生公象心生敬仰。象是溫柔情義並重的巨人，龐大的身軀能震動大地，柔軟的心性卻讓牠們孤單落難時無助得教人心碎。我追蹤了一個肯亞的孤兒象保育園區，不同年紀的孤兒象在專人照料下成長，直至成年能回歸野生象群。看小象們學習洗泥巴浴、咚咚咚奔向工作人員討奶瓶、披著毛毯一個個排隊回自己的棚屋睡覺……這些生活片段常教我撫心低呼，聲線中應該洋溢著催產素。每年Tovi生忌、自己生日、任何想做善事或消業障的日子，都不由自主去領養小象和贊助配方奶。

很兩極地，蒐集心軟微笑的同時我也追求刺激和震驚，例如看奇特的昆蟲和蛇、蜥蜴等爬蟲類。最初只為克服抗拒感，適應後便欣賞起牠們的構造精密巧妙，配色上很有想法等等。我持續觀看陸地與海洋的神奇生物，務求看到任何驚人的東西也不會作出

「它很假」、「不真實」等反應，而是欣然接受。

有個朋友推薦我看一個野生生態的帳號，裡面滿是野獸互相追殺、傷殘和死狀可怖的血腥畫面。我從一開始好奇震驚，逐漸進入深沉的觀察。正因為這些畫面難以直視，慘酷到超乎想像，讓我更想看個明白。我有「看個明白強迫症」，所以也沉迷於看納粹集中營生還者的自傳，探討人類最低劣可以多低，最高尚可以多高，並告訴自己兩者都在我的基因之內。

小時候，看野生動物紀錄片我便發現，看企鵝主題的影片時，我會敵視捕獵牠們的熊；看熊艱苦求存的故事又反過來擔心牠們餓肚子。當時，總為自己的矛盾和太容易代入情感而不好意思，漸漸便鮮少去看。過了這麼多年，大概是宇宙認為我準備好上進階課了吧？

老虎叼著一顆頭顱，脖子只剩一節頸椎，下面就沒有了。頭顱上有一小塊黑白相間的皮（斑馬的皮紋真美），頭皮上有撮濕潤的鬃毛（應該是被血浸透），其餘便是裸露的臉部肌理，眼球位置是個黑窟窿。版主則客觀地旁述：一頭斑馬有兩百磅肉，雄獅一餐能吃十五磅，母獅九磅，獅子沒有冰箱，屍體腐爛前大概能飽餐三日。

近景看到鬣狗銜著黑斑羚的半張臉，上面有緊閉的眼（睫毛長而濃密）、鼻子和張開的嘴巴，下面連著一節氣管，再下面就沒有了。一群鬣狗分頭噬咬河馬的不同部位，撕扯牠的皮肉，活生生的河馬無效地掙扎嘶吼。熊咬住鹿的頸項，鹿居然還能揹著熊勉強前進兩步才終於下跪……

野獸獵食時迅猛擒撲、撕咬狂摔、生吞活剝……這就是野和蠻。可是回想從小吃豬排時，我也很擅長用力撕咬，吃雞翅時舌尖能靈巧頂出縫隙的肉，跟牠們沒太大差別？有天看到一頭滿足平靜的豹滿臉鮮血，不知剛吃完什麼內臟盛宴（好補）……我跟自己說：「不然你期待牠吃完跑去河邊洗臉？」這其實跟幼童吃義大利麵，沾了一臉醬汁是一樣的意思。

被吃掉很不幸，尤其當你被吃時意識清醒。鏡頭一開始只拍到帝汶鹿完好的上半身，畫面往下移，看到後半身正被一隻科莫多龍（巨大的爬行獸）啃食，內臟都扯出來了，視線帶回帝汶鹿的臉正在張嘴大叫。豹趴著啃食一隻海龜的後腦（像狗啃潔牙骨），龜的前腳划水般撥弄著豹，豹若無其事專心嚼。有一幕真的讓我看了又看，野牛的下半身破了，傾瀉出整組肚腸，血淋淋懸吊著但尚未觸地，見骨的後腿仍勉力支撐溶爛的身軀，牛眼圓睜，嘴巴張大，像為自己的噩運驚愕。

動物眼睛和嘴巴流露的驚恐很讓人共感，而我盡量保持鎮定，不躲避牠們的眼神表情，直視牠們的傷口。很多生物似乎沒有「放棄」這招——痛苦不堪仍掙扎到最後。其實有些人也是。我不確定這精神是否值得推崇或敬佩，也許它只是最原始的生物本能、最純粹的生命設定。

幼小稚嫩的動物是我的罩門，牠們就是我一開始說每天蒐集的心軟微笑。但在野外真實世界，猛獸吃一隻鳥像我們吃迷你泡芙一般輕快。有次，看到巨大如怪物的尼羅鱷生吞整隻小河馬，雖然河馬寶寶不算小隻，但依然是寶寶啊！牠們那麼可愛那麼無辜……有時候我們幾乎忘記，其實動物遭難不管年齡或體型、可愛或惡形惡相，都同樣無辜。

況且，可愛的動物也會餓，一隻毛絨絨、嬌小可愛的鳥，會啄食另一隻同樣嬌小可愛、毛絨絨的鼠。於是我跟自己說，可愛只是外貌剛好被人類認同，沒有動物要承擔我們的投射與期待，沒有任何生物欠別人一個幻想。要喜歡就喜歡人家真實的面貌。

久而久之，面對這些畫面我已經對捕食者毫無敵意。位於食物鏈上層的動物看似滿足自得，但有時候也會追到力歇而無果，落得更累更飢渴，並淪為同類的餐食。先天的「加害者」亦會成為受害者。

「天地萬物是個大家庭」是什麼意思？我會說就是大家都會餓，大家都吃其他人。若說慘，大家都慘，今天不慘總有一天慘，慘是必然的下場。然而，「慘」是人類才有的想法，動物只管活，然後死。

動物能帶著離奇巨大的創傷活著。有一隻長頸鹿在湖畔低頭喝水，表象一片祥和，我提防著隨時有猛獸出沒，但沒有，長頸鹿抬起頎長的脖子，但見水從下巴源源流下，牠的下顎在漏水。毀容或畸形不一定致命，但讓動物活得更難更兇險，喝水可是牠們脆弱的一個時刻。鵜鶘的大喉囊不知怎麼破爛了；下半身有個傷口的海豹，在沙灘挪動肚皮吃力前進，海鷗們紛紛對準傷口啄食，飛撲之快狠準跟牠們偷吃沙灘遊人的薯條沒兩樣。受傷的動物一時之間死不去，形狀觸目驚心，前景教人悲觀。

還有一些莫名的苦難。感染了僵屍病毒的鹿著魔似地旋轉，眼看要就地轉到死去。另有一條鹿屍，身上長出很多如同乒乓球的腫瘤，最詭異是原本眼睛的位置也有兩球，撥開腫瘤下面是閉上的眼睛，不知道牠是怎麼死的，只知牠註定要死。

而人也能帶著巨大的創傷活著，也會悲慘到無法言喻，苦難有時候那麼地莫名其妙。我想，世界上總有某某正在經歷這些，某某可能是動物、植物、種族或個人，說不定某世某天是我。

覺得不可置信，就看到信服為止；若問世上怎麼會有這種事？便看到能接受「就是這樣」為止。逐秒逐秒地，承受多一點，直視久一點。看這些影像不會有歡容，但不得不承認，驚慄野蠻也有它的詭麗和意境，例如鬣狗銜著一顆不知是誰的滴血心臟；北極熊叼著一顆小北極熊的頭顱在皚皚雪地獨行……

我漸漸意會到，這是一場迴旋和平衡。殺戮的慘酷同時是飽足的幸福，於是便再也難辨好壞與禍福。天意沒有針對誰不仁，苦難只是巨大循環裡的各種隨機。

我是想，若能對不幸與幸福的光譜有比較完整的概念，便知道自己位在哪一點。幸福時知道，受苦的時候光是苦就夠了，不必去問太多為什麼、花太久去拒絕相信。現實有權非常殘酷，生存可以極之艱辛，什麼都不奇怪。

但我不認為天地無情萬物如芻狗，因為隱約感到，殘酷是鑲嵌在龐大計畫的其中一環，不過我們身在其中，暫時只能窺見一斑。且讓我虔誠地看下去，說不定終有一天，會明白那是另一個層次與維度的愛。

等到心也明白這些字

從小上中文課，大人教你每個文字符號的意義，重複書寫、練習運用，便算是學會了。可是往往到很久以後，看到某個畫面，身歷某個情境，才忽間領悟：「啊！原來這就叫作——。」感到衝擊，然後深呼吸，汲取當下的體驗。就像神對塵土造的人吹一口氣，為他灌入生命氣息，那個詞，便從記憶字庫裡擁有血肉和精神。

曾經看一段老鷹在山峰之巔起飛的影片，攝影機固定在鷹的背部，畫面先看到令人摒息的高度，狂風呼嘯，下面是險峻山群，極目是無際天空。突然間雄鷹振動，伸張牠驚人巨大的翅膀，乘著隱形氣流猛然起飛，翱翔遠去。當刻我的感官才初次體會「展翅」這兩個字——展的生命力量，翅的雄偉壯闊，還有毅然乘風的氣魄，如同神蹟的飛翔本能，危險但自信，自由也孤傲。

另一些明白則甜美極了。比如曾在一個秋日下午，人貓向著一面朝西的窗戶，涼風徐徐，黃金斜陽把我們完美包裹，剎那間意識抽離，有個旁白說：「這就叫做『金風送爽』，你現在知道了吧？」另一個我滿懷感激：「我今天知道了。」類似的感動還有在冬陽下散步，台北的天空出現一年才有幾次的明亮湛藍，仰著頭便無緣無故滿心喜悅，彷彿每個毛細孔都唱著「明媚」。

第一次體悟到字會活過來，是移民之後初次搭飛機回香港度過暑假。當年香港仍使用鬧市中的啟德機場，飛機下降時，漸遠而近俯覽維多利亞港夜景，頓感親切也情怯，還有一分回不去的無奈和距離。機師炫技，慢慢讓機身左右傾側，我首次以傾慕的眼光觀看這片璀璨。密密層層的高樓綴滿點點燈光，突然想起小學課本裡的「萬家燈火」。原來「萬家」可以蘊涵數百萬人的悲歡離合與掙扎，每盞「燈火」都是世上獨一無二的人情故事。

全世界有不少攝影師喜歡拍香港充滿壓迫感的「屏風樓」。觀者帶著驚嘆和隱然的憐憫——你們怎麼住在這種教人窒息的環境？可是這些年，我每次看到香港一排排高聳密集的大樓，那些小格子透出的亮光，都只有感動和敬愛。這個城市裡的大家，都很努力在命運夾縫中求存和力爭上游。

許多年後的夏天，從螢幕上看到香港人遊行的畫面，也是密密層層、萬頭鑽動。我想像現場空氣的翳焗與肅穆，想像人們走上街頭的心情與決心，和這片土地被歷史賦予的命途。這樣的六月大暑天，忽然痛心明白什麼叫「淒涼」。

幾年前，朋友跟一起十多年的伴侶分手，我也在差不多的時間點經歷相同的事。某個寒冷夜裡獨自散步，朋友說想跟我通話，手機傳來她顫抖的聲線，一字一痛：「我真的好傷心、好失望。」

「好傷心、好失望」這極度濃縮的六個字，從耳窩鑽進體內，震痛心肺，教我呼吸困難。我的內傷共感了她的痛。可是，這六個字，無論說出來寫出來或哭出來，是那麼短促、扁平、薄弱、不濟事到幾近風涼。但又能怎麼樣呢？它們已是當下唯一能依仗的了。

有段日子，我體會著傷心、失望、失落、悲忿、破碎、無助、孤立……等等字眼。原來人生會走到一些境況，發現語言何等淺薄無能。輕浮到聽著自己說出口，也彷彿被言語輕視、被現實嘲弄。為免這種二度創傷，只好沉默。並理解到有些險要時刻，無言才是最真心、最傳神的傾訴。

長期以來，我都為自己的語言能力自卑，老是覺得程度滯留在十三歲，就是接受中文教育的最後一年，並且是在殖民時期的香港，一所不怎麼樣的英文中學裡，成績平庸的一個學生。可是後來讀多麗絲．萊辛（Doris Lessing）的小說，事後著迷地搜尋她的生平資訊，得知她十三歲便因眼疾輟學，然後人家寫了七十多部著作！拿了諾貝爾文學獎！我被狠狠打臉，再也沒有藉口。

文字能否打動人，很多時候跟詞藻無關，比較是個人的觀察力、思考層次、情感覺知的細緻度，與面對自己和直言的勇氣，這些都不是上課就能學會的事。加上逐漸明白，即使厲害到會飛的天才，人類能夠用言語詮釋的事物，不過是真實裡的萬一，像汪洋的浪邊緣的小泡沫。

可是它們仍是可愛的小泡沫。我透過文字認識世界，再藉著體驗世界去領悟文字。雖然語言有時候無濟於事甚至誤人，我還是命定似地深愛它們。我喜歡它在日常出其不意地甦醒，一個個在感官裡活過來。每次有字詞在心裡重生，就像增添一位友伴，然後又重燃信任，盼望能跟它經營一段自在不尷尬、溫暖忠實、長久共好的關係，繼續去明白它，也透過它去被認識和了解。

黑色療癒寫作課

家人群組傳來遠方急訊：「爸爸進醫院。我們現在趕過去。」我在廚房，盯著手機，靜止，心跳。等待的時候腦海只有一句：「Be still, and know that I am God.」*害怕電話響，電話就真的響。傳來哥哥疲憊的聲音：「爸爸走了。」

爸爸與媽媽的離開事隔兩年，卻像同一齣戲的上下集。我坐在沙發，訊息驟至：「媽媽上了救護車。我們現在過去。」世界停頓，心跳，等待（你們要安靜，要知道我是神），半拒半迎，心想電話會不會響？它就響了，而後聽到三姐哽咽：「媽媽走了。」

命運來電

總有那麼幾通命運來電。懸而未知之際，內在洶湧無處宣洩，沒有法門但就是要，要安靜，要甘於馴服人之有限。等到了，心一面落定，一面漂浮太虛。還是家人的聲音最真實，隔空傳來現場的餘震。我們像喪失長老的同一群羊。我想像著醫院裡的畫面心裡想：「你們還好嗎？」掛線後也自問：「我還好嗎？」心仍怦怦跳，神經還未回彈，好像沒有傷心。

父母死了不傷心，聽起來有違倫常義理。該怎麼解釋呢，「傷心」真的不貼切，我偵察不到明確的痛感。震央在深層，核心位置。只偶爾在表面浮現一圈圈漣漪，隨後又平復。例如半夜轉醒，漆黑中才意識到：我沒爸媽了。一股遮天蔽日的倉皇。某些白天靜下心來時，回憶隨機蹦出，感官重回現場，壓抑、反感、羞恥，感恩、愧疚。或做著某件事便出神：到底什麼是真實？這個名字有個「勤」字的男人，和叫作「珠」的女人已然消失。脫離了肉身，卸下了今生的角色，只是某輩子似曾相知的兩個靈魂？他們已不是夫妻，我也並非他們的女兒，彼此還剩下什麼關

＊此句話出自聖經《詩篇》第 46 篇。

係？這空空的感覺叫作失落，或自由？

面對朋友慰問，不知道怎麼回應才誠實，難道說我覺得爸媽領便當了？恐怕說著會神經質地笑出來。意識到今後，所有跟他們的經驗記憶都是自己的事了（或者從來都是？）。像失聯斷訊，感覺孤寂虛無。想到深處，會同時發熱與一陣寒意，略感眩暈。

後來見心理師，她問我對媽媽過世有何感受，我囁嚅，她試探道：「不真實？」考慮半晌我點了點頭，記住這個好用的答案。也許深處正展開移山倒海的世紀工程，重組一個無以名狀嶄新的「真實」，而我仍在混沌裡適應著。

也思疑是自己亞斯伯格，或複雜性創傷後壓力症候群？但都沒關係了，總之要振作，追悼文代表家人而寫，得找個正常人的角度。繁瑣的後事都由家人扛，我只負責追思文、生平簡述和遺照。先來修圖吧，免得每次打開雲端帳戶也被爸爸的臉嚇到。因為不確定殯葬服務的修圖水準，他是我爸（給你供書教學，三餐一宿和一半的基因），當然得分吋細修，四個色版逐層調，再勉強的原照也要力挽狂瀾。

形象

打開Photoshop。老人斑好多喔，用繪圖筆進行鐳射去斑。幫爸爸修眉毛，除鼻毛，居然還有耳毛。梳理頭髮順道調黑三成。我們都繼承了他的毛髮，不修眉我便像個農夫。他的鼻子真巨大。長睫毛、深黑眼珠，平實的氣質也傳給了我們。要把臘黃的臉色變健康，暗沉嘴唇適度增豔。有次他把一天份的藥推到面前叫我見識，數量驚人，而他吃了那麼多年。中過風有點歪斜的臉和嘴角給他偷偷拉一下（埋線拉提？），雙肩不對稱，便把左肩拷貝貼至右肩，務求天衣無縫。這是虛擬醫美，化死人裸妝。

無論活著或死去，修圖的目的都是為了形象，讓人看起來比真實過得更好。後來哥哥看了照片，說一邊眼睛歪斜，我仔細看是有一點，但這不就是他嗎？雖如此想著仍二話不說把眼球扶正。發現亡者的形象完全操控在活人手上，映照的，也只是活著的人的心念，與逝者無干。

檢視媽媽的遺照，她的眼光我迴避了一生。那雙一瞪，便教童年的我退至牆角，擒淚抖顫的炯炯目光。我最懼怕（說「在意」比較不妖魔化？）的人已從地表消亡。她眼珠淡淡的頗有靈氣，雀斑傳給了兩個姐姐，但我的鼻子和臉型是她的。從前深感是家中的異類，可是當朋友看我與家人的合照，馬上笑說你們一家也太像。基因凌駕所有芥蒂與隔閡，在旁人眼裡就是天選命定的一組人馬。

不像爸爸慣性臭臉，相片中媽媽笑容可掬。一見鏡頭即露齒笑，接起電話瞬間變聲，笑面迎人是她採用的親善形象。當年她在澳洲癌末確診，要緊急動手術，飛去陪伴的兄姐傳來媽媽臥在病榻的照片，面無血色卻仍燦笑如花。我認為這是她內建的生存策略，直覺知道如何做人有利；毋須研讀心靈自助書，天生懂得以信念創造好運。每當她咬牙切齒，向我肆意數落親友後，總不忘換上一張親善笑臉感謝貴人、感恩命運。彷彿任何惡，只要以善收束，便能劃上感覺良好、自圓的句點。她是個直覺敏銳，行動力強，機智狡詐的女子，熱愛生命並有挑戰命運的氣勢，可能因為這樣，連死神也讓她推宕好幾年。

父母的晚年讓我窺見老病的實況。若沒人帶你去弄頭髮，便只能在家變白梳直；沒機會買新衣，於是反覆穿殘舊的。視力退化到自己的身體也看不仔細，自然無力打理儀容或修趾甲。懵懂不一定因為老人不長進（做人到底要長進到何年何月？），可能真的聽不進、讀不下，記不住也說不清。頑固未必一句「個性差」便能概括，當自主權逐步流失，抓緊過時的信念也許是滑波人生僅剩的把握。長期不適、禁足或臥床，便很難歡容豁達。大家都說有錢最重要，可是將有那麼一天，無法獨自提款、簽署，基本手續也無法應對。人老變慢，將被全速運轉的世界甩到邊陲。老去大概有說不盡的隱忍，卻知道說也無用。

老人如孩童和動物一樣任人魚肉，在兇險世間必須仰賴他人的良心。爸媽已屬幸運老人，子女媳婿孝順（可能我不算）、經濟無虞，連幫傭也聰敏善良。看到父親晚年對現實的挫折與怨恨，母親對命運的抵抗與屈從，我既同情也黯然，卻都無言以對。尤其當父親看似期盼憐憫，我掏不出任何撫慰。因為總是想到，若我活下去，終將老和病，而我根本沒有你們的資源（腦海重播他說：「抵你死。」—*）。沒錯我活該，所以沒有立場可憐別人。其實知道癥結在哪裡，我跟他卡在低層次的對峙，互嫉對方有的，並介懷自身沒有的。沉默已是我能給予最柔軟的陪伴，同時悲憫人類的共同命運。

百合

追悼文。參考別人貼上網的煽情又長篇，充滿私人回憶與孺慕之情；不然就是上半世紀文謅謅的火星文。讀著前者眼睛不由自主跳開，後者眉心打結，身體誠實表示太為難，太尷尬，行不通。幸好主持告別式的牧者提供教友的範例，文字平實，一篇才

＊「抵你死」在粵語中指活該的意思。

五、六百字，應該沒問題。

生平簡述要客觀平和，把這個人（是你父親）的生命歷程摘錄，用字淺白但要正式。（先父／祖藉／共育四名子女。）悲傷身世要含蓄，品格描述要正面。（自幼失親／自食其力／刻苦耐勞。）肯定成就，選用褒詞，適度恭維。（在妻子協助下一同創業／事業蒸蒸日上／辛勤工作養活一家／盡一己之力為故鄉作出貢獻。）運用宗教語言能提升意境與莊嚴感。（我們度盡的年歲好像一聲嘆息／其中所矜誇的不過是勞苦愁煩，轉眼成空……）像客氣地肯定、記念一位長者。（先父一生勤勉勞碌，如今息了地上的勞苦，願他安息主懷。）

葬禮上，我在家屬座的第一排，環顧大家都很冷靜。除了照顧爸媽多年的印傭Tini。之前到安老院探望爸爸，他說話已含糊不清，鄉音濃重（可能人最後都會返祖），我聽不懂，Tini充當翻譯。我心虛也敬佩，感謝並且深深感觸。最後，對他最親近和了解的不是家人，是一位印尼女子。她竟能把我爸謎樣的話，翻成粵語轉告我，何等善體人意。告別式上兒女都不哭，Tini哭得最傷心，暗示這家人有過什麼樣的情感教育與親子關係？然而，悼念文卻不能露出馬腳。

這是我一生最奇特的作文。所有念頭經過頂級濾芯，去除99.99%雜質，蒸餾出純淨的善念與祝福，確保任何體質都能安心飲用。自從國中作文傾吐新移民的心聲，意外獲得洋人老師疼愛，便發現文字能傳情，越敢揭露，便越有望橫跨屏障與人連結。豈料，世上竟有這種場合與文體，需要逆向施力。至深的用情不在於寫什麼，是省略什麼；良苦的用心不是把自己投進去，而是拿掉。把心裡刺激性的問號，煉成性味甘平的句點。從個人狹隘、偏頗、糾結的感官記憶騰飛，攀升至慈悲高潔的海拔，再下潛融入溫吞的字句。

總共才一千多字，卻覺得經歷了一場革命性的排毒。難道這是上天給我的療癒寫作課？然後想到，爸爸曾吐出的刻毒話，會不會，或許，有部分原因，是他體內沒有安裝先進濾芯，又欠缺詞彙可供搬弄？他本來不識字，是媽媽教會他讀報寫字，我一直認為那是很浪漫的事（雖然事實可能出於媽媽務實的考量）。

最後告別，爸爸我敬你美好形象。（先父雖沉默寡言，不擅交際，但為人誠懇踏實，念舊慷慨，工作勤勉盡責，對家庭照顧有加，寵愛子孫。）尋常到毫無記憶點的圖與文，卻是使盡心機的棺面花。華貴白牡丹或濃情紅玫瑰不屬於我們，就寄情俯拾皆是百合。

A million dollar question

哀悼於我從來是獨自進行的事，因而不認為葬禮有必要意義。以我觀察，葬禮是一個人投給世人最後的形象，普遍嚮往圓滿。福氣、圓滿需要兒孫親友襯托。我認為排場終究想證明的，無非是這個人有人愛。想像亡靈因被愛而安息，活著的人便安心。愛與尊敬無形無相，所以衍生出許多規矩，還有特定的服裝與言行舉動，眾人配合，便是愛與誠意的具體呈現。葬禮亦是讓情緒總結的聚會，兼有互相陪伴、社交聚舊的功能。我有出席爸爸的葬禮，媽媽的沒有。

媽媽過世前幾天，我一晚連做兩個夢，兩個都要跟她一同前往慶典，而我卻連連遇到阻撓不克赴會。夢醒不解，到她突然去世（斷氣總是突然），後來她出殯我也決定不回去，才發覺夢境早已預告我兩次的缺席。（順帶一提，我夢裡所有對死亡的象徵都是可喜的事。）

當時疫情嚴峻，往返需隔離共二十八天，還未有疫苗，萬一感染後果難料，我若出事貓怎麼辦？必須評估自己能押上多少。滿分的答案應該是，為了母親付出再多也要甘願（可是母親已經死了剩一具冷凍屍體）。活著的家人在我心中有分量，但儀式呢？若這些都重要，那我呢？我怕在香港狹小無窗的防疫旅館會精神崩潰。想著便心神紊亂，於是拿出A2白紙，填滿去與不去的執行步驟與考量。不太相信自己，於是臨時約見心理師，某個晚上，她陪我蹲在諮商室的地上，檢視那張巨型清單。

後來決定不去，是因為看完時她問：「妳覺得在現階段的生命裡，怎麼樣的選擇是妳最重要的學習？」一息間，無數綑綁半生的「應該」簌簌落下。我想學習不再勉強，遵從內心，只做自己相信的、歡喜的事，並為此概括承受。反正爸媽都死了，還有什麼不敢？這句反問自此給我所向披靡的決策力，在大大小小的兩難關口讓我寡廉鮮恥（含個人正面涵意）、一往直前。這分勇氣，可能是爸媽登出塵世，留給我最後的福惠。

訪談．愛的教育

那陣子，在心理師身上偷師到一點聆聽技巧，在疫情爆發前最後一次探視媽媽時大大派上用場。我打開了手機錄音，邀請她談談自己，從鄉間童年、少女時代，到香港與爸爸相愛結婚、開工廠……其實這麼做，原為避免她又把所有心思用來否定我的人生，不料這次「訪談」卻成為了彼此空前也絕後的愉快交流。

媽媽是個很會說故事的人，繪形繪聲，時而溫馨時而搞笑，讓我難得在她面前流露笑容，並欣賞到她相當可愛的另一個面貌。講了整個下午，天色漸暗，她卻話鋒一轉，開始批判親友，我漸感不妙，便在她犯下更多口業之前作結。

由於不出席她的告別式，除了負責文章與遺照，希望多一分參與，便找出那次的錄音重聽，整理一篇她的口述故事當作生平側寫。這次的用心在於剔除她說的八卦是非，略過一些明顯的大話，隱惡揚善再加一點溫馨回憶。葬禮後，媽媽的妹妹，我的阿姨們，越洋分享她們的記憶版本，許多情節跟媽媽說的大有出入。她移花接木、誇大改編，以取得令人同情與敬愛的效果，揭發後我莞爾。

我認識的母親是個慣性說謊的雙面人。比如小時候換乳牙，她叫我張嘴給她看一下，看著看著便猛然拔掉，不管我痛哭流涕。下次我怯怯問：「真的只是看看？」她再三保證，我再三上當。

有次跟爸爸出國，送機的媽媽偷塞一點零用給我，叮囑我別讓同行的三姐知道，因為只有給我沒給她。媽媽甫轉身，三姐便跟我說，媽媽也給她錢和交代一樣的對白。多不勝數的例子，現在回憶起都是笑話，但當時不是。記得不因為事件有多嚴重，而是對幼小心靈的巔覆震憾：「做人可以這樣的嗎！」自幼體驗「很想相信—不計前嫌相信—再度心碎」的循環，魯鈍的我反覆受騙至成年以後。學習不相信自己的媽媽，我苦苦花了三十年光陰。導致日後，每次有貓誤會我要發零食，看見他們期盼信任的小臉，便往往弄假成真，不忍辜負地大派零食。

我印象中的母親是個對弱者施以威權統治的人。某次成績欠佳被她拿著兇器追打，大概小一的我在客廳狂奔，最後躲在厚重的沙發後面，她狂吼命令我爬出來，我哭著求饒和喊爸爸。爸爸趕至，卻沒有救援或勸架，他將沙發憤然抬起，把瑟縮顫抖的我徹底暴露。那一剎，我失去了父母。仰頭是兩個暴怒的巨人，合力把我像一隻失孤幼犬那樣揪出。那次打多重我全無記憶，終身烙印是巨大的驚恐、徬徨、絕望與無助。導致日後，我總是過度呵護貓，想像他們的弱小與無援，就像小時候縮在沙發後面的自己。

母親對我最後一次肢體暴力大略在小三，那次她打下來我不再求饒閃躲，僵直不動，雙目燃燒著恨，她怔住，當場放下藤條。此後她停用武力，改以親情與道德勒索。除了她自己，再請各界親友訓勉我要孝順、要親近爸媽、要相信他們深愛著我。由於被灌輸的訊息與個人感知太過衝突，讓我的腦袋錯亂了好多年，不知道可以把自己的感受安置在哪裡，另一方面又因無法滿足她而活於愧疚中。導致日後，我相當誇張地溺愛貓，立志讓他們的小耳朵僅聽到讚美，身體只感受到愛護的觸碰，能始終如一地感知愛，而愛裡面有尊重。

假如靈魂降世是為著造就彼此，我想是爸媽教會我如何愛護小動物（而人有時候也不過是隻小動物）。

複方

寫父母的生平簡述之際，我才注意到他們生於二戰與日本侵華時期，文革前後從中國逃到香港。爸爸曾說，他饑荒時吃過樹皮，祖傳的田地因年幼喪父而被奪取。媽媽來台北探看我的時候說，她討厭地瓜稀飯，因為勾起童年捱餓的淒涼。

現在知道，那些就是以粗暴野蠻、惡毒、欺騙、威嚇與操弄求生的年代，人與人只有權力角力，沒有尊重。我的成長經驗無法逆轉，他們的也是。或許人類每一代只能進步一點，不犯上一代的錯，犯新的錯，已算成功，比如他們從未讓孩子物質匱乏。

聽了無數勸導要原諒父母，事實是，有時候根本沒有人需要原諒，只是需要療傷。他們已使出洪荒之力當一對好父母，可憾方法有誤差，我的構造不能順利接收，形成了難以癒合的傷口。是傷口讓彼此無法親近，而痊癒速度無人能控制。我的父母不需要被原諒，我需要的是有個安全的場域自癒，比如一個不被期待趕快原諒與親近、不抹殺或攻擊個人感受的空間。而我碰撞多年才掙出一小片，還沒能脫胎換骨，上天已經喊停。

我跟父母的對手戲就這樣演至終場。他們領便當了。剩我在台上獨白。輕鬆可是惆悵，哀傷但又想笑，脆弱卻又變強壯了。並且開始相信失落與自由根本是同一件事。人生真的沒什麼情感是單一的，都是五味雜陳的複方。

活過父母親生下我的年紀，便明白人生無論走到哪個階段，依然有無知、恐懼，時而魯莽行事，時而不知道自己在幹什麼，不確定對或錯。因此，世上沒有一個人不曾犯錯、不曾傷害，這就是我們的世界，就是人間戲碼。

走過這段心路更體會到，若能逐漸理解一個有缺陷的凡人，便等於進一步了解不完美的人間。反之，能夠接納一個不完美的人，便多一分接受這個世界，當中包含不完美的自己與人生。

輯二

最食人間煙火

以後要相信，做人做事都可以輕易。不要苦苦經營，不要正確和標準，只要歡喜。要相信世上除了艱辛也有容易，有垂手可得，有水到渠成；亦有過程從容、成果美滿的事。

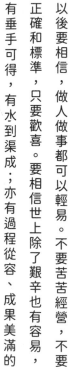

今天曾經是從前的夢想呢

我對願望成真的印象不是欣喜若狂，比較像茫然。夢想和許願是弔詭的事，許願的當下，願望像個模糊的身影，於是它來到面前，你端詳它的長相五官良久，才半信半疑地問：「是你嗎？」

曾在台北不同地區上班，以我當時對台灣的觀察，認定大學區是最理想的上班地點。那裡有我喜歡的特色小店、咖啡廳、書店、親民的夜市小吃、五金百貨等，各式生活機能應有盡有。我曾許願要是能在大學區上班就好了！但只是想，也沒有換工作的意思。有天老闆卻宣布我們的辦公室要搬去大安區了，正正就在師大生活圈！

可是搬了之後我沒有比較開心，因為工作變得越來越不快樂。雖然可以去漂亮的咖啡廳，但天天去其實很花錢。頻繁逛的小店和書店也沒那麼多新貨新書可以看。我最享受的是中午快步走到有點遠的大安森林公園，在大樹環繞下吃三明治和看松鼠。然而，也有一些日子在工作上受了氣，噙著淚到公園無人的角落，花整個午休時間調適呼吸和心情，再匆匆趕回公司，天黑了才拖著透支的身心回家。原來許願當時，忘記把生活中的基本煩憂算進公式裡。

許多年前，有天在早餐店吃蘿蔔糕，桌上放著一份報紙。我從小便喜歡副刊，來到台灣只看網路新聞，難得有份報紙在面前便高興地翻閱。看著副刊的插圖想，我也能畫這種插畫，要是能夠替副刊畫畫就好了！但只是想，也沒有投稿自薦的動力。

幾年後出了《指繪快樂》一書，報紙副刊的編輯來信請我寫一篇關於指繪的文章。交的是文字稿，編輯卻邀請我加入他們的插畫師行列。我欣然答應，一直合作愉快到今天。某次讀著她傳來的稿子正要構思配圖，才突然想起曾經在早餐店許的願。怎麼又實現了？我感到奇妙又感恩。

可是許願時，只沉浸在副刊的親切感，想像自己的畫要是刊登在上面該有多好。那時候沒考慮到報紙的稿費偏低，也忘記無論什麼工作，我很會嫌棄自己做得不夠好。若問喜不喜歡，我真心喜歡也珍惜，每次交稿都祈求報紙不要那麼快從時代消失。只是依然察覺到，現實與心願之間有一個迷離的落差。

就像還沒養貓之前，八成只想到貓的可愛迷人，想到親密陪伴、愛與被愛。不曾細想親密與愛裡面有著不為人道的磨人細節。例如趕著出門卻有貓以宿醉的風格沿路嘔吐，或是被不間斷的貓叫聲弄得精神耗竭。想像總是扁平片面的，點到即止、粗陋簡化；現實生活卻是完整而立體的，光明與黑暗大概五五分帳，沒有暫停或快轉的按鈕，日復一日連綿無休騎虎難下。

當初移民到國外，新聞主播像在說外星語，心想如果有天我搭火車、看電視、走在路上，別人的對話都能夠聽懂，便再也不會感到寂寞。結果聽懂別人每句話，反而更具體明白寂寞與隔閡之恆存。十幾歲看到新推出的電動遊戲機，心想如果擁有一台便永遠不會無聊；二十幾歲在教堂受洗，以為讀了聖經便能掌握人生真諦……結果發現，擁有再多娛樂也可以無聊，而如今我對真理最確實的認知，是不要相信任何人告訴我的真理，自己的真理要自己找。

我的同事很好相處，她唯一的要求是暖氣要向著她。

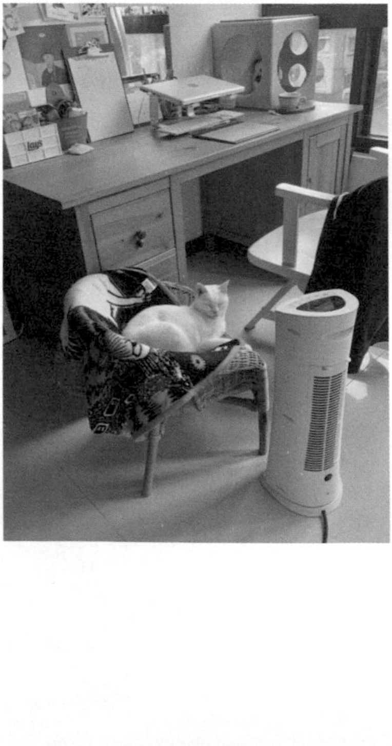

現在偶爾仍會冒出一些願望：要是中威力彩可以財務自由就好了；如果能夠那樣愛與被愛就好了……但隨即告誡自己，世間不會有得到「就好了」這回事。

我在家工作經常穿插著家務，發現天氣好便衝去洗衣服，看到貓的姿勢可愛便暫停手邊的事，狂拍一堆照片。自忖這樣的生活形態已經很鬆散了，我是個沒有資格放假的人！可是某夜毅然允許自己明天不做任何有產值的事。那麼，怎樣休息好呢？逛街、郊遊，去戲院看電影？都一一否決。我最想待在家看書、陪貓，也許隨便畫或寫些什麼，黃昏到附近散步，晚上窩在沙發看劇吃零食……想完發現內容跟平常幾乎一樣！那我為什麼要放假？好吧，還是有微細的差別，同樣的事情不是工作便沒有責任，暫時沒有表現和效率的要求。

但最震驚是當下才客觀看見，現在的工作內容與生活形態，曾經是我夢寐以求的呢！回頭看這也不是天掉下來的，是繞過漫長的路，一次次的取捨，配合各種幸運和機遇，才不經不覺走到這裡。一直認為寓工作於休閒是我人生的終極理想，但若跟理想已經這麼近，怎麼仍感不足與不安？

是不是遂了的願，就像消化掉的食物，人只會關心下一餐，永遠有新的飢渴要應付？我很不願接受，難道滿足都轉瞬即逝，欠缺才是永恆？想戳腦門叫自己知足，瞪自己說你羨慕別人的時候，通常也有別人羨慕你，至少從前的你會羨慕今天的自己。別身在福中不知福。可是，身在福中本來就該懵然不知渾然不覺。當有天知覺，就是也嚐到福以外的其他了。那麼，到底知福或不知比較好？其實也由不得自己選，我想，每個人都是從不知到知道，然後發現這是一條沒得回頭的單程路。

地震帶上

人好像很多時候都在虛幻的安全感，與不必要的不安全感之間徘徊。認真去想安全感的問題是因為我來了台灣之後。在這裡，我不是本國人又經常遭逢強颱和地震，是教人認清現實的絕佳環境，也揭發了自己既有的安全感多麼盲目和理所當然。

颱風

二〇一五年蘇迪勒颱風襲台，位於河岸第一排十五樓的家魔幻地搖晃，迎風面的窗縫傳出風的刺耳尖叫，我的耳膜因氣壓而鼓脹不適。盯著貼了膠帶的玻璃窗被強烈陣風撼動，想像若它忽然碎裂，我該如何因應？先穿鞋以防踏到玻璃，抓齊四隻貓，然後想辦法補救或直接逃命？

從小在香港也有颱風季，但從不覺得颱風會危害自身，直到這次才懂得害怕。加上不明的潛在因素，總之我的神經警鈴被全面啟動。於是盡最後努力跟自己講道理：「台灣是個島，迎風面的感受比較強勁；高樓微晃是種韌性，能卸去力度反而相對安全……」可惜身體完全沒把理智的話聽進去。驚恐發作引致頻頻拉肚子，空檔中虛弱地躺在客廳地板，我閉上眼睛靜止不動，勉力在萬馬奔騰的焦慮與風聲中尋求平靜，但心依然不由己地怦怦亂跳。

躺在地板想起，小時候住在九龍*一棟老舊大廈的頂層十三樓，某個八號風球**的夜晚，大概六歲的我縮在被窩，聽著外面狂風暴雨，房子似在晃動，但我告訴自己那是幻覺。床緊貼著牆，抬眼便是鋁窗，我一邊捏著窗簾角的硬幣（小時候覺得此物極神秘，後來明白把硬幣縫進布簾能讓下擺增加重量），一邊想：「外面好恐怖啊，但我在被窩裡什麼都不怕。」邊把身體擠向牆壁，感覺安全。

*九龍位於香港境內的行政中心。
**是香港熱帶氣旋警告信號之一，代表香港西北方有颱風出現。

六歲的我毫不懷疑「家」是天底下最穩妥的地方（小孩也沒別處能待了啊），天塌下來只要大聲哭喊就有爸媽頂住，於是在暴風雨中仍能安然入睡。這分安全是感覺，不是事實，然而孩子天真的信任，比任何建材更牢固，比物理定律更偉大。

躺在淡水家裡的客廳環顧四貓，大家看來還算安穩，我稍感安慰。分不清是晃動或暈眩之中認真思考，六歲的我太天真了，以為自己的被窩是金鐘罩，生我的兩個中年人是全能超人？也許這分盲目信任是幼小人類生存的必要條件？小孩能睡方能長大，長大後再按部就班認識世界的不安全，明白強化玻璃窗也會碎，牆身會裂，天花會陷落，家和一切都可能變形倒塌。

都怪安逸讓人產生錯覺。眼前任何可靠與安全都有限期，而我不會知道何時屆滿。這番領悟讓我的心懸在半空，卻前所未有地貼近真實。「家」無論指建築物或概念，必因歲月侵蝕而流散，或某次沖擊下瞬間瓦解。沒有任何人長久可靠，自己對別人也不可能呀，這不是剛好？到頭來有點感謝曾讓我暫時依靠的他她它，亦暗自讚賞身為不可靠的人，我也給過別人信心和安心。

暴風雨果然是大自然的清洗機制，除去的不只枯樹殘枝，還包括我虛妄的安全感。一天之後蘇迪勒遠離，日子看似如常，內心某些部分已不再一樣。

簽證

剛來台灣時需要逐年申辦工作簽證，張羅各種證明文件和申請表時，深刻體會到人要居住在一個地方，需要很多條件。只要一丁點不符合，便被法令鐵面無私地拒諸門外。以往無論在出生地或隨父母移民，都享有像呼吸般自然的種種權利。當父母親給予的身分不再夠用，便要憑自身的學歷、能力、關係（例如結婚或依親），用官方證書和印鑑，證明自己有條件、有資格。

「資格」在法律上要求嚴明，個人感情和心志等無法量化與佐證的東西是沒有用的。想想也合理，地盤和疆界意識是我們的南猿祖先就有的基因，進入另一個群族從不輕易。若我一生待在原生地，便不會有這番體會。

需要定期證明自己「有資格」所衍生的危機感，就像天大地大隨時無處容身。決策權掌握在高牆裡的權力機關，渺小個人只能聽候發落，等對方以他的標準批核你「夠條件」和「有資格」……這兩項實在是我心理上長期且核心的疑竇。當時多恨同性不能結婚，許多年後同婚通過，又是另一種教我無言的唏噓。

待滿年期，取得永久居留權後，部分危機感漸漸淡化，更安逸地投入本地生活。可是提醒仍偶爾冒出，比如疫情初期各國嚴格把關，台灣曾一度限定非國人一旦離台便不能入境。光是看著法令便足以警醒，我始終是個可能隨時被勒令離開，或者一去便回不來的外人。

「回」字結構簡單，本是承載牽掛，能帶來溫暖和安心的，但也因為有「回」這個概念（執念），人才會憂愁或抱憾。

潔癖

在失望與希望之間取得平衡、把握暫時的平穩，盡量安頓身心，是一門艱深的功課，駕馭不力便焦慮失控。有段日子我的焦慮情況很嚴重，會因為颱風或搭飛機而驚恐，身心科藥物也起不了作用。風平浪靜又不用出國的日子，焦慮顯化為失眠與潔癖。

洗手要完整唱兩遍生日歌，每朝勞役自己用白色毛巾擦地三次，每晚用除塵蟎機吸床直至顯示綠燈才能睡⋯⋯其實市面許多新科技的清潔產品，服務的很可能不是實際理性的需求，而是安撫無形的心魔。

某天，我著魔地把瑜伽墊浸泡進整個浴缸的小蘇打水中，嫌不夠，再追加滴露*死命狂刷。心想，這樣夠乾淨了吧？剎那間意識到自己的荒謬，其實我心目中的潔淨並沒有驗證標準，一切都是抽象的感覺。發現我要消滅的不是髒污和細菌，而是心裡的「不安」和「不夠」。然而，有了自知卻仍無能為力。潔癖持續，並成為日常自嘲的題材，朋友也習慣在百貨公司路過每台消毒酒精機，總要等我打卡似地噴一下手心。

潔癖的高峰可能是Tovi病重的時期，記得那時不斷有大量東西要洗和擦拭，衣服常意外沾到漂白水而脫色，橡膠手套三兩天便耗損，雙手甚至洗到枯乾皮裂。二十四小時的老貓長照，加上長年失眠和焦慮，那樣的日子也撐過去了，當時還能跟人有說有笑，一切有效運作。事過境遷往往才發現，人真的非常能夠受苦，任何苦一旦發生終能夠習以為常，每個人都可能比自己想像中耐勞和命硬。

後來一個人住，焦慮衍生的潔癖和搭飛機的恐懼便不藥而癒。除塵蟎機已塵封，搬家新買的半打純白抹布沒用來擦過一次地。意外的好處是當疫情爆發，大家買不到消毒酒精時，我的存量依然充足。所有防疫的衛生要求對我而言都駕輕就熟、易如反掌，因此反常地，疫情中我有著一分奇異的自信，因為我真的相當擅長消毒和孤獨。

至於為何獨居便不再潔癖，我也不太確定。可能因為拚了命維繫的安全感一息間瓦解，體驗到深切的無助和脆弱，不安全感已

＊英國的消毒水品牌。

成為包圍我的汪洋，我不再掙扎，竟便冉冉浮上水面。深感無人能夠信任的時候，反而成為開始信任生命的契機。

地震

初次經歷地震，是在台北第一份工作的辦公室，當時旁邊的孕婦同事機警站立，作勢逃跑，我仍傻楞楞不懂要怕什麼。據說人類與生俱來的恐懼只有兩種，墜落與巨響，其他都是習得的恐懼。我大概花了一兩年才學會敬畏地震。在香港住四、五十層的高樓也泰然自若，在台北住十五樓遇到地震像置身恐怖搖籃，而我早已喪失孩童無條件的信任感。心理學家說，恐懼時該專注於可控的部分，於是我認真預備逃難包，放進人糧貓糧餐具、衣物眼鏡、緊急聯絡和身分證明副本，查明附近的避難地點。還特地買了手電筒、電晶體收音機，和萬一落難能夠變賣的金鍊⋯⋯可見焦慮和恐懼能產生強大的執行力。

地震、停電、停水、無預警的網路故障，都能逼人重新檢視生存必需。平常認為有手機便有電子錢包，能獲取資訊和求救。但文明與科技雖然強大，亦很脆弱，沒有電便沒有這一切。若回歸到生存基本需求，我想水應該最為重要，其次是食物和衣物。剩下一人一貓之後，父母又相繼去世，便沒有動力更新維護逃難包。應該不算自暴自棄，只是打從心底覺得生死都輕省了。不過，我還是習慣儲一點水和時常充電，就像常按ctrl+s儲存檔案的慣性美德。

每次地震也想著，住在大樓裡，數秒之間能做的實在有限。大多時候意識到地震，定神冷靜觀察之際，晃動已經趨緩。事後為了定驚我會找人說話，跟朋友和遠方的家人報告剛剛地震，他們關心問道：「妳沒事吧？」我說沒事了。說給別人也說給自己聽。但凡能說的時候，都是沒事的了。亦有香港朋友問我，地震時你怎麼辦？因為我懶得傳揚防災意識便會老實說：「也沒有怎麼辦，就等它停。」

前不久某次深夜地震，我家很有感，但我極度疲憊，睡到迷糊，被震醒時勉強坐在床沿，確定真的是地震，才龜速穿上內衣和可以踏出家門的長褲。晃動中再發呆幾秒，餘震便如我所願停止。那次體驗到，原來太睏會讓人進入無懼的境界。就像身體在告訴理智：「Oh come on, who cares? 別怕那麼多了。」

記得叔本華說，每次休息與入睡都是一小段死去。死亡亦稱作長眠，死和入睡確實都需要鬆開與放下。然後想，「視死如歸」似是偏激的概念，可是，如果真能視死亡為最安心的歸宿，大概便能感到莫大的自在與平安。而內心平安，不就是至高的福分？

地震平靜後，我以盡人事的心態到樓下客廳巡查，貓和陳設都無恙，事件便告一段落。既然醒了，自然順道上廁所，隨後躺回安靜的寢室，隱約聽到隔壁也傳來水管沖流的聲音，我會心一笑，那一夜大概很多台灣人都被地震叫醒上廁所。回想起疫情之初，有人激昂發出「同島一命」的宣言。危難時「同島一命」，有驚無險便「同島一尿」，黑暗中我為自己的冷笑話輕鬆一笑。然後第一百次自問，到底是什麼樣的緣分，讓我此生與這個地震帶上的地方和人們生死相連？擁著被窩想這個沒有答案的問題，便又安然入睡，如同六歲。

兜兜轉轉，竟然回復一樣又不一樣的天真。

是誰又乖又聰明？

乖，應該是我最常對貓說的單字了，頻繁到懷疑它的含意。明珠吃飯喝水、大小便我都讚她乖，但她躺著無所事事，吐完或玩水弄得濕答答，我善後完畢亦摸摸她、稱讚她乖。不論做或不做什麼，似乎她的存在便是乖。

然後我想到外婆。自小到大每次見她，她都說我乖，小學前還能欣然接受，懂事後每次聽到都感到奇怪並心虛，認為一定是外婆缺乏見識，她老糊塗，搞錯了，因為我自從上幼稚園從她家搬回自己家，家裡和真實世界都沒有人這麼說。

長大後才明白，外婆沒有搞錯，她只是愛我。是我認不出愛。就像小時候睡午覺，外婆全程拿著蒲扇替我搧風，還記得迷糊入睡前，心裡抱歉自己害她勞累；直到某個炎熱下午，Tovi在我的電腦旁邊午睡，看他呼吸的節奏好像有點急，便拿起手邊的草稿替他緩緩搧風。那一刻，發現我便是當年的外婆。若能讓Tovi

好睡，我一點也不累。才明白，過往感到的虧欠和抱歉都沒有必要，當那個人那一刻，內心充盈並真的無條件地愛著你。

有一個境界的乖，不跟你的外在表現掛勾、超越世間任何評價；有一種乖是無論你成為什麼樣子，都不會讓對方失望。你在對方心中穩占一個百毒不侵的位置，該處沒有「不乖」的可能性。只要你存在就已經乖，可以說是母胎乖、終身乖。

假使看到這種猙獰臉，仍能毫不遲疑讚乖，我相信你內心已具備充沛的愛。

依此類推，如果一個孩子渴望被稱讚乖，或許他真正渴望的是被接受與被愛；反之，若從沒想過要乖，可能他早已活在充足的自信與安全感當中。貓，似乎便是天生擁有這分自信的生物，貓不需要他人認同，也從不討好（他們直接要求或命令）。或許這是我自立後選擇養貓不再養狗的主要原因。

狗對愛與認可的渴望，和牠們的癡情與愚忠，像個傻孩子那麼教人揪心。還是囂張無恥的貓比較能夠平衡我的人生。貓若對人流露喜愛，通常不源於需要或缺乏，因此能與貓兩情相悅分外教人光榮。

而當貓放肆或忤逆我意，仍衷心感到他們是絕頂乖貓的時候，便能漸漸相信，自己也有無條件去愛的能力。於是，照理說，應該也能應用在自己身上。

世間愛慕聰明，使得我也嚮往聰明。但成長到某個階段不免認清，自己只是云云眾生中平庸的一員，發現後不無失落。

後來轉而思索，人為何嚮往聰明、優秀與才華出眾？這基本上不合理，如果每個人都出眾，誰來當大眾？追求聰明，除了有可能帶來實際的好處，也許是為了優越感。優越感最終所帶來的，我認為是安全感。

人們對安全的需求源自人類的演化基因，而在高度發展的文明裡，許多原始的危機感化身為人際間的焦慮，比如有時候會不合比例地害怕被拒絕、排斥或遺棄之類。

這種原始的危機感在體內作祟，讓人們覺得當一個普通人不夠安全，必須比別人好，甚至好很多才安全。很害怕自己顯得笨、不容許自己犯蠢的人，未必因為他們的眼界高或品味好，可能只是他們的不安全感比一般人更嚴重。

那要怎麼處理這方面的不安呢？我想到貓。

以我觀察，貓的聰明分兩種：「心智」與「本能」。糰糰是我認識心智最聰明的貓，例如他看破逗貓棒的關鍵是揮棒的人的手，而非末端的羽毛。他知道零食不該只有發給他的幾顆，會注意你把整包餅乾藏在哪裡，四下無人時去推倒鐵罐、千方百計用毛手手掀開蓋子，叼出所有零食，逐包咬破撕爛。待我回家驚見杯盤狼藉，找他算帳時，他還怒目回嗆，似在罵我們這些私囤糧食的人類害他勞心勞力。

街上撿回來的混種貓相對較有生存本領，明珠自小就有本能的聰明，不靠腦子，光憑直覺與五感已無往不利。加上無畏無恥的個性，讓她常常搶到最好的位置，比如暖氣出風口、人體最好坐的部位；小時候亦靠餓鬼般的敏銳感官，爭取到四貓之中最多的食物。

以糰糰的智商，應該可以去選市長，可惜我們不讓他獨自出門。

美咪也是隻混過街頭，擁有聰明本能的米克斯，可是她有被害妄想症，聰明主要用來戒備、逃命與匿藏。本能的聰明會因為感官老化而遲鈍，美咪老後變得親人，明珠近年也不再是餓鬼了。

而Tovi由始至終，無論心智或本能都笨。有次見他在貓碗前呆坐良久，過去看看，本該長期有糧的貓碗不知什麼時候空了。要是其他貓一定高聲投訴，Tovi卻只在碗前癡癡地等。每次有新貓床、磨爪板或發零食，我總要偏心照顧他，就怕沉默的孩子吃了虧沒人知。

由於他比較笨拙，偶爾正常發揮生物本能便教我另眼相看。有次我要餵他吃關節保健品，他驚覺逃跑，我追到雙膝跪地也攔不住，讓他成功躲進沙發底，一個我答應自己和貓不會勉強他們出來的避難所。我頹然坐地揉膝蓋的時候，懷疑該補關節的其實是我不是他，並且不敢小看Tovi，他還是有他的聰明的。

於是發現，只要想想我們如何愛貓，便明白，聰不聰明其實一點也不重要，如果被愛。

如果被愛，你會因為聰明而被愛，也會因為笨而被愛。就算真的是個笨蛋，愛你的人也會重新發掘你聰敏的一面。而只要活在愛裡面，無論聰不聰明亦能過得安全幸福。

假如，萬一，恐怕自己沒有人愛，可以學著相信，你被天地所愛。同時天天練習，愛自己的聰明，愛自己的笨，找到笨之中的靈巧，如同愛你所愛的貓或狗或人一樣。

三分情

「見面三分情」是我在台灣學的諺語，面對面眼神交會，具體感到對方的存在，自然便多了連結和尊重。我覺得「三分情」是巧妙的黃金比例，不是熱情的八九分，不只冷淡的一兩分，三分的情分像餘情餘溫，卻耐力驚人。

但餘情未了也可以很狼狽。Tovi走了後我像脫力的馬拉松選手，對社交媒體上的貓忽感厭倦無比，好像沒怎麼聽聞喪貓有這副作用？往常對貓資訊的正常攝取量，那刻變得難以消化，一口氣退追蹤了一堆帳號。Tovi是藍色英國短毛貓，斷食貓照片一陣子，忽然很餓藍英短。我鍵入#BritishShorthair，一搜後患無窮，演算法讓英短蜂擁而至。可是，那些Tovi的同宗並沒有給我任何慰藉，只有被戳痛的憤怒。

我猜憤怒下面大概有十八層陰暗的情緒吧？當中最刺痛是妒忌。我嫉妒那些青壯英短與唯美家居組成的溫馨畫面。當我滿腦仍是Tovi晚年的萎頓，當我身在已經冰冷許久的處境，便眼紅別人的春暖。急忙按下「隱藏」以撲滅冒出來的影像時，想到我貼貓文的這些年，會不會也刺激過一些傷心人？網路真是個互相取暖又各自逼迫的次元。

剛喝完鮮奶的陳伯伯。

對我來說，負面情緒有緊急度之分。憂鬱、失落之類是慢性隱疾；憤怒、嫉妒、恐懼是急症。前者我能夠適應，後者則讓我坐立不安，相當難耐。我排斥內心這股嫉恨，嫌惡它尖酸醜陋，並隱隱察覺妒忌下面還有我鞭長莫及，因此也無法處治的悲傷。

可是我一向有自虐的上進心。例如身體對觸碰太敏感，便到髮廊讓人按摩肩頸、坐按摩椅來訓練耐受度，即使寒毛直豎也一試再試。於是很快又回去看英短的照片。初時仍急怒攻心，漸漸轉趨鎮定以為安全了，冷不防又回復激動。「復健過程」浮沉進退，狀況無法推算，只能以身犯險，用痛感再三測試。

某天遇到了救贖，是一隻小貓舔牛奶的照片，憨呆的臉全是奶珠。不是每隻貓都接受牛奶，但Tovi從小就愛乳製品，而他喝得非常粗笨，就像照片中的小貓。他幼年到老年，我也得待命在側，替他擦臉擦地。這張滿面奶滴的小笨貓照片，居然繞過張牙舞爪的痛覺神經，戳中我柔情的穴道，打通堵塞的經脈，引發慈愛的姨母笑。之後看到青壯的藍英短仍偶爾心跳漏拍，但至少不再是尖銳的忌恨。而日後看到別人恨得醜態畢露，也會想一下，可能人家真的很痛。

相對於Tovi，別隻貓誘發我對糰糰與美咪的情緒反應則和煦得多，大概跟情感依附多寡成正比。可見依附與愛是兩件事，我站在後母的立場愛糰糰和美咪，沒有縱容自己去占有。他們相繼過世後，難得看到像糰糰般帥氣幽默的長毛貓，或搶奪飼主食物的猖狂貓，我都會跟江小姐分享，一起回味被毛手挖嘴的吃驚與好笑。想到美咪腦海會浮現她亮晶晶的藍色大眼睛，和重播她震人心弦的女高音。當我們交流憶及美咪的心情，重新對「音容宛在」有了鮮明的體會。

但有些情懷比較孤獨。「滔滔」是Tovi的粵語暱稱，總覺得是只有我跟他才能充分置身的語境。

有天看到從前的自己稱呼他滔滔，彷如隔世又失落。想起外婆某年的壽宴，當時她記憶力與聽覺已大幅衰退，舅舅領我到她跟前大聲介紹：「妳個孫呀，麗琼呀！」*外婆茫然，大家七嘴八舌熱心提示。我正擔心再下去會造成外婆的心理壓力，忽然靈光一閃，外婆雖久居香港仍一口濃重的鄉音，從未曾用標準的香港腔叫過我的名字。這下沒人能夠幫我們了，我羞澀地模仿外婆的東莞話，試著說自己的名字。她聽了終於跟我相認，眾人恍然大悟鬆一口氣。好險！我差點便想不出這通關密語。亦隨即意識到，它即將也會沒用了。「滔滔」也是失落在時光裡的密語。

五感之中，嗅覺與觸覺勾起的三分情最為攻人不備。Tovi走後數月，平常不放屁的明珠在我懷裡幽幽放了個臭屁，完全是Tovi的屁味！我不顧荒誕，揚聲問：「Tovi！是你嗎？」沒任何感應，仍亂槍打鳥對天呼喊兩遍我愛你。然後貪婪地吸盡殘餘空中的屁，回味半晌。

我從自己身上見識到被感情驅動的人可以多麼天真和盲目。

＊此話意為：「妳的孫女麗琼呀！」

有次到朋友家拜訪，他們有一隻壯碩親人的公貓，我很久沒接觸像Tovi那麼大隻的貓，便把握機會對牠上下其手。揉熟之後拍打牠厚實的肌肉，伏在牠身上用懷抱感受牠的體積，盡情享受牠孔武有力的蹭撞……

回家時獨自在夜色中漫步，細味這趟溫存的餘震。那是身體的隱性記憶，只能靠觸覺激發，消退之後便了無痕跡。

十指通心是真的，我打「糰糰」的倉頡碼依舊如行雲流水；打「美味」經常先打錯「美咪」，而我不以為忤，反暗自歡喜美咪又出現了！就在我的指尖。曾經畫過美咪幾百遍，自信連江小姐也不比我熟知她的斑紋，我會間歇地自我抽查，默想尾巴還記得嗎？軀幹的濃淡分布好像沒那麼確定了，鼻屎痣長在哪一邊？但也告訴自己，要是有天淡忘也不要糾纏，讓他們來去自由，正是貓家長該有的風範。

OPEN BOOK

悅讀趣

「只要真切地喜歡現在的自己，
什麼樣的日子都不算虛度。」

——《平凡就好，然後慢慢變好》

2022年12月號

離世的他們經已無色無相，但我在色相人間去到哪裡仍隨時被觸動。神出鬼沒的餘情每次都只有三分而已，卻綿綿無盡，餘香餘溫，仍能潤澤半生。

以貓爲榮

Tovi 是個堂堂正正、一表人才，重情義並愛家人的巨蟹座暖男。

有天看到Tovi端坐舊家樓梯的一張照片，有點仰視的角度，但覺他一臉忠良，油然生出一股愛意：「I'm proud of you.」但馬上心生質疑：「Proud什麼？就因為他長得端正嗎？或因為我視他為兒，借他滿足自戀需求？」撫心自問應該不是，我真的以他為榮。好吧，那到底這隻貓做了什麼？

我搜索枯腸找尋理據：「因為……因為……你看他，擅用居家環境，坐在高處享受光線與視野，那當下他在體驗生命，享受這個家與世界。」

我經常看著貓的各種寫意，想著如果世界是個人，貓絕對是賞識它的伯樂。

貓也享受人類的供應，食物、新換的床單、尺寸剛好的紙箱、能弄出聲音的塑膠袋、人的體溫……貓是一切平凡事物的伯樂，也是我的伯樂。

Tovi的存在雖然渺小，卻是個經歷完整的生命。他也有自己的貓生際遇和體驗，小時候動過兩次手術，從香港搭飛機來台灣，在醫院隔離檢疫。後來由獨生子變成要跟其他貓同居，經過數次搬家的壓力……生命與人類丟給他的無常，他都盡力適應。

他中年開始受關節痛和骨刺的困擾，老了溫差大或潮濕的日子都容易氣喘。他也一直很怕打雷，會壓底身子衝進廁所，瑟縮在馬桶旁，放大的瞳孔在黑暗中驚惶閃爍……這些難受時刻，我都守在他身旁，但都於事無補。無論多麼被愛，疼痛與恐懼都是孤獨的，只能獨自擔受。

這隻頭腦簡單的小動物，盡其所能地，享受了所有美好時辰，順應命運帶來的大小變化，忍耐過無可避免的痛楚，活完了一生。生活沒有欠他什麼，他也沒有辜負生命什麼。

想到這裡，頓覺貓又讓我找到重點！也許世俗種種繁複和反覆的評價，通通可以放到一旁，活著只要做到三件事：盡興、順應、承受。時時刻刻，日日年年，直到最後，便足以為榮。

歡喜完了也要莫忘喜歡過，熬過去了亦要記得當初不容易，那些驚險倉皇的也都盡力應付了。不要管別人會否輕視這一切，自己看重。

每一日、每一年，走完每個段落停頓下來，只要這三點都有打勾勾，就可以小聲（或大聲）跟自己說：我以你為榮。

不好吃何苦要吃

我對食物的態度很佛系，吃到好東西當然開心，吃不到也不太在意。比較怪的是，覺得不算美味甚至難吃的，有時候依然莫名其妙地吃到底，一邊吃一邊思索，我這個人到底怎麼回事？

三色豆

曾有個剛認識的房屋仲介，可能為了找共同話題，向我埋怨香港茶餐廳的通心粉不好吃。我一方面說：「哦，那本來就是普普通通的食物。」建議他吃西多士、菠蘿油、蛋撻之類。另一方面懷疑他以怨言開啟話題、對食物本質沒有加以想像便點餐，會否是個不太機靈的服務業者？……無論如何，經他這麼一說，讓我重新檢視童年的飲食脈絡。

香港殖民時期引進的西式飲食文化，包括一些廉宜的罐頭食品，市井食肆如大排檔、茶餐廳加入在地元素，便成為港式的多士、三文治、通心粉，茶味濃厚的檸檬茶、奶茶、鴛鴦等。三文治夾罐頭午餐肉和鹹牛肉；雞湯煮的通心粉和意粉（義大利麵）加入火腿絲、冷凍青豆或三色豆。若以歷史脈絡去理解「茶餐廳美食」，便能去除不必要的幻想。

我想很多地方的「庶民美食」都這樣，最初出現未必因為它多麼好吃，只是能吃；從前日子能過，就算是好日子了。當地老幼幾代以來，無數次被它填飽肚子，再平凡的味道，也有細水長流的信任和情感。吃異地傳統料理嚐的不只是味道，更是當地的風土民情，用自己的舌頭和胃去認識別人的家鄉。

在我成長的年代，很多價格親民的進口食物，比如肥美的「巴西雞中翼」（作者按：雞中翼為一節雞翅），許多媽媽都常備於冰箱裡，容易料理又能討小孩歡心（小時候我一餐能吃五隻蠔油雞翅），港片也會看到周星馳為燒雞翅唱歌。我是吃冷凍雞翅、基因改造超甜玉米、罐頭鳳梨、冷凍三色豆長大的兒童。

自小吃慣的食物，即使以後客觀評價它味道平平，依然無條件接納，三色豆對我來說便是這樣的存在。它是我童年飲食裡親善、謙遜的小配角。跟媽媽到茶餐廳吃早餐，怕燙的我把通心粉裡的三色豆逐粒撈起來，觀賞它們的顏色形狀，慢慢地滋味地吃。（母聲催促：「食快啲啦！」）

後來，三色豆在我心中有了特殊的地位，是因為減肥。年少時試過一些近乎絕食的減肥菜單，有一份速瘦菜單每日的蔬菜攝取量是一碗三色豆，微波加熱，然後撒一點鹽巴和胡椒。在饑荒狀態下將一小匙送進嘴裡，真是鮮甜無比啊！味蕾被玉米、紅蘿蔔和青豆各自的味道感動死了！該菜單的另一餐是兩片蘇打餅乾，好不容易等到進食時間，珍而重之打開一包兩片裝的蘇打餅，啊——澱粉真療癒。黏在大臼齒表面的麵粉餘甜也讓我回味半晌……最後袋角剩下的碎屑，則是正餐（兩片餅乾）之後細細品嚐的「點心」。此後，蘇打餅和三色豆在我心裡便連結了喜悅與感激之情。

許多年後，得知不少台灣人不屑三色豆，我對這老朋友頓感心疼，出於義氣宣告：「我愛三色豆！」並用行動實踐這份愛。我家冰箱總有三色豆的位置，煮通心粉和泡麵便放入一大把。當大家因為疫情搶糧，獨剩一堆三色豆孤零零在超市的冷凍櫃，我便溫情地抱一包放進購物車，肯定地告訴它：「你長相可愛，又有營養，我喜歡生活裡面有你。」

那一刻自覺是個念舊、長情、不忘本的人，為了忠誠和義氣勇於力排眾議。雖自我感覺良好一下又陷入懷疑，可能我只是個濫情、愚忠的偏執鬼，自甘停留在匱乏的記憶裡，投射出不成比例、不合時宜的感恩與深情。

又或者，三色豆根本不在乎別人對它的觀感，覺得你們愛我也好嫌我也罷，都只是你們這些情感動物愛演而已。

刺身、蚵仔煎、甜辣醬

十多歲才跟著哥哥第一次吃日本料理的刺身。同行的哥哥的同學很訝異我沒嚐過，鼓勵我勇敢嘗試，密切觀察我初次吞下生魚片的表情。嗯，涼涼滑滑的，咬下去整個嘴巴有油脂，味道豐潤同時又鮮甜清爽……數秒之內從猶豫到接納，好像喜歡，但感覺主要還是陌生和奇異。似乎很多「第一次」也是類似的經驗？

跨過刺身的門檻，後來吃越南和韓國料理的生牛肉，與口感不知怎麼很色情的生蠔便不太有心理障礙。飲食習慣也是觸類旁通、見怪不怪的事情。吃生肉膽子變大的速度，讓我想起動物學家說，豬雖經過幾百年才馴化為家畜，但若野放，僅需數月就能成為野豬，長出獠牙、毛髮，而且具有攻擊性。

喜不喜歡可以是直覺，有時候也是選擇，在喜歡與不喜歡的分叉路口用自由意志決定的方向。我發現這種遲疑畏怯的試探過程裡，內心常有股力量說服自己去喜歡，然後便真的喜歡了。我也吃榴槤、魚子醬、licorice（黑色長條狀的洋甘草軟糖）、vegemite（澳洲一種鹹到要洗腎，有發酵味道的抹醬）……能夠接受富爭議性的強烈口味，像通過某種測試，也是了解和定義自己的歷程。

若仔細想，這些東西也不是百分百美味，喜歡它們主要因為特別和有趣。每隔一陣子吃，入口仍略感突兀，須花零點一秒重新適應，方能進入享受的直路。而那零點一秒是它們的迷人之處。

有些台灣口味一開始對我來說有點詭異，比如夜市的蚵仔煎。粉漿煎蚵仔加蛋並不怪，怪在它的醬汁。首先它顏色曖昧，然後也太多了！更錯愕的是它竟是甜的！我不想浪費，但撥走大部分醬汁也很難吃完一份，心想我以後不該再點了。可是奇怪的事情發生了，過一陣子再去夜市，我的雙腳被蚵仔煎吸引過去，再吃還是驚訝，醬汁怎麼這麼多？怎麼是甜的？……卻一口接一口高高興興地吃光了。

好像我的心智依然無法認同，但身體已經對它產生了情愫。心智見證到身體對蚵仔煎率真的好感，也就不再排斥它，從此視它為自己人。它不怪，它就是蚵仔煎。

讓我意外的還有粽子沾甜辣醬的味道。從小吃鹹粽我會配醬油，甜粽沾點砂糖。但吃台灣粽子時，好像便該入鄉隨俗配甜辣醬。如是吃了一次、兩次……覺得好像夠了，就自顧自回歸從小習慣的沾醬油吃法。然而，就像吃蚵仔煎，當我放棄了這口味之後，有天忽然浮現不知哪來的思念。於是那一年的端午，成為我與甜辣醬關係的轉捩點。像一些台灣人一樣固執地宣告：「吃粽子就是要配甜辣醬！」端午還沒到，便心心念念要去買一瓶。

蚵仔煎和甜辣醬的經驗讓我發現，世上有些味道，試過以為不適合自己，覺得沒有也沒關係，從不相識亦不可惜，它卻在你不為意的時候，悄悄在你心裡生了根。

所有初試猶豫但慢慢喜歡的口味，我都視為acquired taste——習得的品味。輕輕為它開了門，容納它帶來的衝擊，學著喜歡並欣賞它。或者以為已經把門掩上了，回頭它卻已悄然潛進心裡，占據一席位。也許不會時常想起它，可是一旦心生思念，它絕對獨一無二，無可取替。

我想我算是個有好奇心，樂於認識和接受新事物的人，也善於找尋可以欣賞和喜愛的角度。但自我肯定了一下又懷疑，可能只是我太渴望被接納，我也奇怪，因為想被耐心對待，想要被喜歡，所以潛意識慫恿自己先去喜歡，以為接納與好感可以交換？會不會有些「愛上」只是自欺欺人的討好？

不好吃的

我認識的人在飲食上好像都有明確好惡，有人討厭香蕉，有人害怕鳳梨，有人隨時數得出七、八樣不吃的菜。嫌肉太肥或太柴，水果最好削皮再切成小塊……而我通通都吃，覺得苦的菜吃完嘴巴甘甘的很舒服，肥和柴的肉各有滋味，水果連皮吃口感味道更有變化。

說得好聽一些，我應該是個樂天知足、很好養的人，但也像是對精緻度欠缺要求，隨隨便便也說好的濫好人。我唯一的辯解是，其實我暗裡知道精緻與粗糙，優質或普通的差別，但既然能樂在其中，就都吃也無妨啊。

可是，我有個比較嚴重的問題，明明是難吃的東西有時候也欲罷不能。有次試一款水果味的小農濾泡咖啡，沖出來竟有中人欲嘔的酸臭，但是看包裝標示還很新鮮，實在太讓人困惑了！我聞一聞喝一小口，稍事休息，等作嘔的感覺平復，閉氣再喝一口，想試試排除嗅覺，單憑味覺又如何？或加點牛奶呢？然而，經過反覆實驗，喝完整杯，結論是它怎麼喝都是餿的。其嚴重程度讓我不敢把泡完的掛耳包丟進垃圾筒，怕玷污我家氣味比它清新很多的垃圾。

以為這樣我會收手了吧？不。同款還有幾包，過幾天等心理陰影散去再試，撕開包裝便已酸臭洋溢，沖泡後整個廚房也臭，難聞到要跟貓說對不起。一邊喝一邊想，為什麼它會臭？為什麼我要作賤自己？後來憤然把剩餘的丟掉，但不知道為什麼，可能我不甘心，可能它命不該絕，我把它們撿起來又放回去。之後喝了第三次餿的，到了第四次，那天用沸騰的水去沖，不臭了！人家不是說沖咖啡該九十度上下，別超過九十五度嗎？無論如何，這東西一百度就不餿了。

不喜歡、難吃、難受，都不會讓我卻步，還會多走幾里路，走到「天啊，我不行了！」再爬行一段。

我也問自己不好吃何苦要吃？但下次又再犯。可能我是個富有實驗精神、熱心探究、不輕言放棄的人。但會恨自己老是不懂得及早放手，自虐當自然，勉強當毅力。這種個性往往讓我待在痛苦的處境和關係裡太久。可是呢，這也是我能夠活著的原因。因為有些階段的人生也很難下嚥，要不是本著左試右試，一口一口的精神，甜的吃苦的也吃，奇奇怪怪的照樣吃，就不會吃到今天。

儘管有的時候依然會自問，何苦呢？

燙衣服

對於穿著打扮長期因循苟且，衣服有點皺當沒事，很皺便抹水用手掌撫平，騙到自己便當作騙到別人。要是皺到不堪，引至不容忽視的羞恥感，才不情願地燙一燙。搬家時我把熨斗與燙衣板視為多餘的負累，沒有帶走。豪氣自忖既有勇氣展開新生，還怕什麼衣服皺！生活出現大幅的變動，往往令人產生玄妙的邏輯。

後來跟朋友閒聊，精於妝扮的她說：「衣服要燙的呀，我連T恤也燙。有燙跟沒燙是有差別的。」我被最後這句語重深長的洞見打動，想到一室不平整的衣物，忽然再也受不了！火速上網買了熨斗和燙衣板，不等它到貨便開始整理衣帽間。

在舊家，我的衣服只占衣櫥一半以下的空間，《怦然心動的人生整理魔法》流行時徹底整理過一次，之後便繼續一潭死水地塞在陰暗角落，難得才增減一兩件。萬一要穿得比較體面，總會落入沒衣服穿的窘境。最緊急的一次是爸爸過世，我要備妥全身黑衣回香港參加告別式，為表慎重不敢網購，必須親身試穿，走到腿瘦也要盡快買齊上衣、褲子與鞋襪。

想起某年，我穿了一件有破洞的牛仔夾克回去，吃飯時爸爸隔著大圓桌盯著我，散席後趨前問我是否很窮，怎麼衣服破了還穿？我第一反應是笑，覺得老人可愛，跟他說這是款式，心想這件還是我少數擁有的名牌呢！轉頭媽媽卻塞給我一個紅包，說爸爸要我拿去買衣服。這一幕我爾後時常想起，一方面感恩父母的顧念，另一方面懷疑他們是真心的嗎？會不會只是又看我不順眼，嫌棄這個不婚不生收入不穩的女兒？或許兩者皆是。傳統的父母無疑疼愛骨肉至親，但也情不自禁地重男厭女，無時無刻以單一價值觀評斷一切，而我的分數一直慘淡。我能想像他們一生都在愛我與嫌我之間拉扯，我對他們又何嘗不是？但無論如何，我立志最後一次一定要用心買衣服，選購時要豪爽大器，別只慣性去看特價區，表明我對父親的誠意。

當初發現新家竟然有衣帽間，想像我凋零的衣物放置在偌大的空間，不是太衝突了嗎？相信堂堂衣帽間與寒傖的衣物看到對方都同感錯愕！後來熟識的朋友來訪，我都打開衣帽間讓他們參觀資源錯配的荒謬感。事實上我整層睡房都很空蕩，應該能容納三到五個人做瑜珈；樓下客廳的抽屜、廚櫃和所有置物空間都只半滿，全屋唯一塞滿的只有書櫃。

檢討自己沒一件稱得上漂亮優質的衣物，和一直不敢伸展擴張的個性，大概知道原由，卻又不想細究，正如我曾經不願正眼看自己的衣衫與身體。這回挑戰了極限，打開全部日光燈，直視所有殘舊的、變形的、長黃斑的衣物，狠狠清理門戶。

翻出一件條紋襯衫，它不是我的。它是媽媽確診癌末，匆匆從澳洲遷回香港療養，帶回去的其中一件衣服。那時回香港探望她，自知沒能力幫上什麼，便為她整理衣櫥。驚訝發現媽媽的衣服鑾漂亮的，她會挑有設計感的樣式，有些質料上乘、保養奇佳。檢視她的衣櫥讓我以新的角度看母親，她曾經愛美、有品味，不奢華但捨得打扮。我欣賞這個重視己身，知道自己值得的女人。但也暗忖，是什麼讓她成為一個總是讓我覺得自己不重要和不值得的母親？

媽媽這件藍色條紋襯衫，中性休閒好像我也能穿，便偷走帶回台灣。可是多年來都沒穿過，幾次心動又放回去，沒信心身體能接受這分親密感，畢竟每次見她，我還是會失眠過敏和皰疹大發。這次再見襯衫它已局部泛黃，離偷回來已過五年，而媽媽依然在她的末期活著，真是驚人的生命力。我的情感從初聞噩耗的揪心，漸變成麻痺疲累。想著想著，便把襯衫放到回收那一落。

後來，發現媽媽也沒有再穿從前比較漂亮的衣服，不再染髮打扮，看來無力也無心照顧儀容。爸爸過世我回去，看見她身穿廉價鬆垮的T恤、起毛球的醜陋外套，剎那間若有所悟，這個奮勇了一輩子的女人，可能現在覺得自己沒用、不重要和不值得了。我懂這種懷疑自我價值、生存意志動搖的心境，但在媽媽身上看到卻感到陌生和不安。

為保持安全距離，我一向對她言不及義，那次卻不放心，問她有沒有衣服出席葬禮？被爸爸離世打擊到有點糊塗的她略為振作，與傭人密謀一會，決定派我去買。我到就近的馬莎百貨，生平初次幫媽媽挑選衣服，盡量試想她盛年時的自我要求和樂在其中，多買幾件回去讓她試穿。她在臥室試完，直率地嫌棄其中兩件裁剪樣式欠佳，叮囑我回去退貨。我有點欣慰地想，還好，這才有點像妳啊。又想我長期的無力與卑微感也不是沒意義的，要是我長得強大氣盛如壯年的她，可能便看不懂她此刻表面正常，內在卻搖搖欲墜的無助。也許所有痛苦都值得，我喜歡當一個懂得和體恤軟弱的人。

盤點衣帽間，我有七件一樣的灰色T恤，每天穿一件當居家工作服，每週洗一次，週而復始。睡衣數量高得不成比例，也擁有過多襪子與圍巾，幾件歷史悠久的風衣……為什麼呢？因為睡衣、襪子、圍巾與風衣是最寬容、最安全、最不挑身材的衣物。整個青春期我都超重，徘徊在七十到八十公斤之間。沒胖過的人是不會明白一個年輕胖女長期承受的排斥與羞辱。學校、社會與人際間恣意又隱微的肥胖歧視比體脂肪更難消弭。我買衣服不奢想美，只求盡量遮醜，而醜得那麼龐大怎麼遮也捉襟見肘。我害

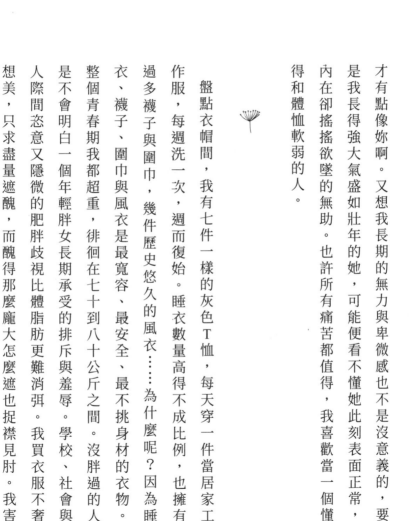

怕買衣服，因為試穿和購買過程都充滿難堪與羞恥。

胖了十年，恨自己的身體恨到要殺了她。二十幾歲時激烈地減到四十四公斤，讓自己死一回，再世為瘦子。可是那樣的折損是停經脫髮皮鬆，暴食厭食和重鬱。當年經歷一次徹悟，決定放過自己，反正你看，瘦了你也不美不自信不快樂。因此，但求走進連鎖服裝店能快速買到衣服，混在人群中毫不起眼就不錯了。打從那時候起，我便一直沿用這最低標準，對打扮理容不思上進苟且偷生。看別人高高興興打扮，便自我催眠說我不在乎，以不在乎隱藏自卑，因為自卑很難看，連心靈的醜也要盡量遮。

熨斗和燙衣板到貨了，我把衣物搬到客廳，坐在沙發就著茶几逐件燙。燙衣服是急不來的事，慢慢壓平每一處細節，不得不注視和撫摸它們。感性地回憶購入衣服的時間、場景與氣氛，也理性分析常穿的衣物中哪個品牌比較耐穿耐洗，最舒服是哪種版型與質料。順道盤點什麼該添置，什麼太多了別再買。

由於動作緩慢，格外顯得耐心溫柔，在微冷的氣溫下燙衣服好溫暖，我深深注視、細細感受它們，這些平凡低調的衣裳初次被主人這樣重視珍愛。燙著燙著，這分心意神奇地傳導到自己身上與心頭，覺得我也是個該被愛惜的人。從愛衣物著手，竟能從外而內疼惜到自身，這是我驚喜發現的自愛捷徑。

那次我把所有衣服燙完仍意猶未盡，內褲浴巾抹布亦通通拿來燙平摺好。最後穿上平整順滑的睡衣，低頭看自己我笑了，內心自豪宣布：「我是個平整的人！」

尊重自己的感覺真好，雖然只是一小步，也好到想哭。

一位地方婦女做麵包時的領悟

從前有一位地方婦女，在麵包製作的過程對人生有所感悟，並為此非常興奮。或許你會認為這不過是尋常的道理，毋需大驚小怪吧？可是，任何真理被初次體會時，都是千金難買的一剎。她說，她當時比中發票、從大衣口袋翻到錢，或在全聯買到四折即期品更開心。所以我決定替她記錄下來。

過期VS新鮮

婦女E：「有一陣子沒做麵包，忽然想做，卻發現麵粉已經過期。打開來看沒有異狀便如常使用，麵包烤出來也正正常常的樣子。我用雙手摩挲著麵包微燙的外殼，掂量它的重量，感受著收成的喜悅。當時覺得麵包好香、好新鮮喔！卻想起麵粉是過期的耶……過期麵粉烤出來的新鮮麵包，到底算新鮮，或過期？

好像兩種說法都成立。心中出現正反雙方，新鮮派說：『期限誰說了算？依什麼準則判斷？日期標示只是廠商求安全免責的粗略估算。有儲糧的人都知道，若溫度與濕度控制得宜，可大幅延展保存期。你看木乃伊和冰封的古生物不就這個道理？我把麵粉放在防潮櫃而非一般廚櫃，超出廠商的預設值。它正常得很，沒有變壞，它是個新鮮的好麵包！』

過期派則冷冷反駁：『人家把期限清清楚楚印在包裝上，過期原料做的當然是過期食品，只是剛出爐形成新鮮的假象，它裡裡外外就是個過期麵包。』腦中的雙方爭辯時，我把沉甸甸的麵包左手換右手拋來拋去，讓它加速冷卻。然後用長長的麵包刀切下去，先聞外皮碎裂的聲音，接著小麥香氣撲鼻。我拿起一片微溫的麵包頭，欣賞橫切面的氣孔組織，再放慢動作地撕開，感受它的韌度，最後把它放進嘴裡……好好吃！

那一口麵包的味道不只攻占整個嘴巴，連帶腦中的思辯都瞬間驅散。更誇張是，我一個人站在流理台前，像電視劇裡的人對著不存在的鏡頭，情不自禁泛起幸福的笑容。從剎那的味覺衝擊中回過神來，溯及剛才發生的一幕，覺得自己撿到了一塊真理的碎片。當身心同時嚐到實相*，便明白，所有腦袋產生的說辭都是虛招。體驗，是淩駕一切理論與意見的至尊答案。」

從此，婦女E開始輕視賞味期限，比較相信自己的判斷，活得更像一個一意孤行的大媽。

寬容得令人難以置信的麵團

婦女E繼續說：「我看美劇《俄羅斯娃娃：派對迴旋》，裡面有個老奶奶不斷重覆一句感嘆：『人生沒有容易的事情，除了在淋浴時尿尿。』很多人都說人生實難。讀書難，工作難，賺錢難；做人難，愛人難，在一起難，分手也難。

但心裡又有另一個我不這麼相信。其實也試過，有些錢是蠻容易賺的嘛。愛有時候也很容易，什麼都不用做，靜靜待在身邊就可以了。放下一陣子的事情，再做竟然有新的靈感和明顯的進步。就算今天心情糟透，往往睡一覺第二朝醒來，便好多了。會不會其實每件事情，都有困難和容易兩種可能？

沒有烘焙經驗的人或許覺得做手工麵包是困難的事，我曾經也這麼想。一開始雄心壯志，訂了一本專業的歐洲麵包食譜書，了解各款歐式麵包的起源、製作的科學原理，又把烤箱、工具和材料都升級一輪。慎重地秤份量，按照步驟指示，做出來的成品，卻總是比心目中的成功差一點。當時覺得好挫折、好難，過一陣子便把書賣掉，轉而照著網路食譜隨便做。最後乾脆買一台麵包機，不想再花時間心力，有得吃就好。

後來搬家連烤箱也沒帶，只帶走麵包機和輕便的『里長』。

＊佛教用語，本義為本體、實體、真諦、真相、本性等，意指萬事萬物真實不虛的體性。

『里長』是很多年前，由里長贊助的抽獎禮物，一個幾百塊但似乎長生不死的小烤箱。我是個能吃麵包維生的人。先用麵包機做出基本的吐司，切片囤在冷凍庫，吃之前用里長加熱即可。這樣過了兩年，漸漸又蠢蠢欲動想做手工麵包。但只有里長怎麼烤？於是我便購入一個比里長大一些的新烤箱給自己當生日禮物。

我開始做餅乾、蛋撻、花式麵包，重拾創作食物的樂趣。但跟以往不同的是，我不再有特定的成功標準，或說根本不設標準。只想去做，成為什麼樣子都好。不緊跟指示，全程隨興變化；溫度與時間只靠常識和經驗判斷。漸漸明白，原來我在透過製作食物，練習自由和信任。信任自己與過程，也深信無論成品如何，總會找到方法自得其樂地吃掉它。創造是種能力，善後也是。

某夜，我一邊看劇一邊滑ipad，遇到一個免揉麵包的食譜，光看名字便大有好感——Incredibly forgiving dough——寬容得令人難以置信的麵團！只要花幾分鐘混合麵粉、鹽、酵母和水，就這樣放著，放兩小時到三天都沒問題，丟進烤箱，便能烤出一個姣好的麵包。深夜馬上動手，讓麵團在鍋子裡躺一夜，早上發酵得生氣勃勃，烤十五分鐘便成為純樸可愛的鄉村麵包。

看著它我既歡喜又感動。有時候可以這樣成事，自生自滅卻自成完美。這是個讓時間做工的麵包，隱含無為而治的智慧。難道世間其實比想像中來得寬容？一路以來最嚴苛的只是自己？決定以後要相信，做人做事都可以輕易。不要苦苦經營，不要正確和標準，只要歡喜。要相信世上除了艱辛也有容易，有垂手可得，有水到渠成；亦有過程從容、成果美滿的事。」

此後，婦女E在廚房越來越恣意妄為，做出來的食物偶有驚喜，偶爾則慶幸自己沒有生孩子，不然小孩大概會有認知錯亂與成長陰影，因為媽媽做的同名食物，跟外面賣的完全不一樣。

輯三

在抵達明白之前

若用心揣摩如何愛貓，只要把修煉到的仁愛、寬容、耐心和尊重分一點給自己與別人，便已受益無窮、惠澤眾生。

你爲何要我冒險？

剛撿到明珠時她不像貓，是隻骯髒孱弱、耳大臉尖的老鼠，源源惡臭從嘴巴溢出，因此乳名阿臭，同義的英文名Stinky沿用至今。她強大的求生意志反映在食慾上，任何一點放飯或發零食的先兆，都令她無比亢奮，纏著人打轉催促，有時候她根本誤會了，我也因為受不了她的熱情，不忍讓她失望而弄假成真。一貓爭取眾貓受惠，假如她是人，應該是個功勞赫赫的社運領袖。

由於明珠太猖狂，從前有四貓的時候要把她關在房間裡用餐，以免滋擾其他老貓慢食養生。送餐的路程她興奮地晃著小肚子碎步護航，偶一不慎會被她絆倒摔死，貓有些可愛行為實在是裹著糖衣的死亡陷阱。火速吃完她便對門厲聲呼喊：「放我出來！放我出來！」有時我故意慢動作打開門縫，觀賞她拚命鑽頭而出的衝勁。這隻貓對生活展現的貪婪，常為生性消極被動的我帶來啟發與激勵。

衝出房間她便風捲殘雲地把哥哥姐姐的碗舔乾淨。偶爾Tovi仍在碗前沉思，明珠會像背後靈般悄悄貼近，但又不敢挑戰體型比她大一倍的哥哥，焦急得眼神手腳無處安放，逗趣也讓人心疼。明珠的童年創傷甚深，餓到靈魂裡去了。由於她的慾望遠超過可以消化的能力，因此經常吃完便吐。當年集合我與江小姐兩個天蠍座的慎密大腦與操控慾，仍未能完全掌握讓明珠飽足而不吐的份量與時機。

每次明珠把剛吃下的肉通通吐出來，我都又氣又沮喪，要清理混和了胃酸的腥肉很噁心，浪費食物很可惜，也心疼她白忙一場，沒營養進帳還擔心損害食道和腸胃。但她本人泰然自若，長得壯健活潑、虎背熊腰。

我祈求過千萬遍，但願有天明珠打從心底知道，她不是落魄街頭，餓到吃垃圾嘴巴爛掉的小可憐了。耳提面命也用意念向她傳達：「請你相信這個家，相信我們，相信自己好命，別怕別急，你今生無虞。」說的時候每每心頭一震，反思自己不同層面的匱乏感，人做不到的卻要求一隻貓做到。

目測明珠胖得最離譜是Tovi病重的日子。當時家裡只有我、Tovi和她，糰糰和美咪常跟他們阿母到台南。我把最香的美食獻給Tovi，但他已不太吃得下，最後都落到明珠的肚子。那兩個月她可能以為自己在坐月子，吃飽偎在沙發洗臉那副德性就是腦滿腸肥的寫照。

後來Tovi走了，糰糰和美咪另有新家，我帶著明珠開始一人一貓的生活，她仍獨自快樂地狼吞虎嚥了一陣子。但或許少了競爭的鬥志，也缺乏了人與貓的刺激，或被一連串的生活變化催熟了身心，明珠對食物維持了十年的熱戀，終於轉趨平淡。她進入新的貓生階段，脫離飢不擇食模式，對飲食的要求漸次提升，可以說是生活品味精緻化，簡稱挑嘴。

當年四貓分食一個主食罐，為了充撐分量和養分，我還混入泡軟的乾糧。只有大時大節才會開比較誘貓的副食罐，少少肉灌多多水，明珠也快活得尾巴顫抖。她成為獨留下來的一隻貓之後，首先排斥肉裡摻水，接著拒吃比較營養的主食罐，逼我逐步增加副食罐的比例。從前一丁點可疑動靜她便千里迢迢趕來，到現在肉放置於面前也可以袖手旁觀。

但凡我認為有益的食物她大都排斥，這過程人貓角力，我卻節節敗退。只有半夜我睡覺時，她才吃點乾糧墊墊肚子，早上又來喚我起床開肉。若以從

每次人貓角力我都是明珠的手下敗將。

前的標準，她現在天天在過年。大概是我的祈求應驗了，這些年來終於餵飽她的心靈。她不單只相信豐盛，還覺得豐盛到可以揮霍。我真心覺得她是我的人生楷模。

可是，作為照顧者的我十分苦惱！她昨天喜歡吃的今天便不碰，早上悅納的下午便唾棄，進入一個無定向隨心所欲的模式。人之所以苦惱，皆因想在隨機之中抓取邏輯，無常之中尋求掌控——這是我無數次揣摩她心意失敗後的覺悟。

有陣子手氣好，連續兩三次開到她賞臉的妙鮮包，我欣喜若狂馬上補倉，發現同系列一款加印「營養」二字，但我深受「為你好」的概念迷惑，心存僥倖改買這款。結果明珠來到碗前，鼻子一縮，後退半步，狐疑盯碗中物一眼，便撇頭絕塵而去！挫折中我感到這幕有濃濃的既視感，本人從前不也屢屢抗拒家母「為我好」的各種寄望？只能感嘆因果平衡天網恢恢。

自從生活品味晉級，明珠的體型從肥胖落回到適中，我盡量不想讓她以瘦弱體態步入晚年，所以百般逢迎，捨不得跟她對恃或賭氣。看著食物白白浪費很難受，為此，我採用自創的「言靈神奇轉念法」，簡稱洗腦。當她又放著不吃，我拿回廚房時喃喃誦唸著：「沒關係，想吃再吃。」最終必須倒掉時則說：「沒關係，你有你的原因。」通常配搭腹式呼吸三至五次，便能心平氣和。

我再次明白，愛一個理直氣壯做自己的對象，唯一的出路是提升自我修養。

現在每次買貓食，我都如履薄冰，害怕押錯寶，冒著不知將浪

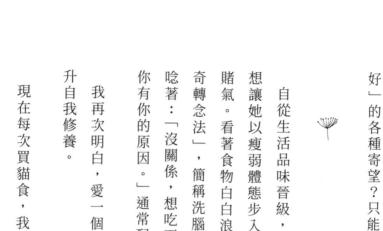

費多少食物的風險。有次剛下單完成，我努力平復內心的忐忑，看向一派怡然自得心無罣礙的陳明珠，心裡怨嘆：「你為何要我冒險？！」說罷，腦海閃過她幼時蹲在車輪下，虛弱到眼睛也睜不開的模樣；想起我請清潔阿姨別掃走她，鼓起再擔二十年責任的勇氣，把她放進紙盒帶走……這隻貓從一開始，就要我豁出去、要我押注、要我冒險。

揉著她現在美麗的小臉，再想，其實不是她要我冒險吧？是但凡愛，就要冒險。修養也不用苦苦訓練，若能放下期望，無條件地愛，大概便能自然成就。

曾聽說，靈魂投胎來當某人的寵物，可能是上輩子曾與這人相遇並受其恩惠，於是今生來作伴回報。我聽了一方面感到溫馨，另一方面覺得，所以你是嫌我上輩子給的不夠，食髓知味？

愛哭的孩子有彩虹

同志用彩虹旗象徵多元，而聖經說彩虹是上帝的允諾，許多飼主相信動物死後去了彩虹橋，但彩虹於我卻另有一重神秘關係。

Tovi最後的日子在家安寧照護，他等死，我等他死。無邊的想像比現實更可怕，看著他呼吸起伏，我想像每一下有多費勁；他稍作挪動，我想像腫瘤和關節帶給他的痛。餵他吃止痛藥也幫他按摩，卻不敢樂觀設想那能帶來多少助益。我無法不悲觀地想像他分分秒秒的煎熬，所以默默考慮安樂死這選項。

我有權力主宰他的生死嗎？有也沒有。現實中，人掌管著動物的生殺大權，理智上知道可以替他安排決定，心理層面卻猶豫了起來。以前會戲假情真說他是我的親生子，可是隨著他日漸年邁，便越來越不好意思宣之於口。因為漸漸感到，他對生命歷程的體驗已經超越了我，他老病的神態會讓我憶起去世的祖父、祖母，和正在臥病的爸爸，便倍感無奈。

從前以上對下地寵愛貓，後來對家中的老貓都有一分因尊重而生的謙卑。名義上，Tovi在我之下；實質上，他跟我平等，甚至相信他的靈魂比我通達老練。

干預他的死亡是否為一種僭越？即使出於愛，不忍他吃苦，但要如何鑑定當中有多少因為他的苦，多少只為我的不忍？思索著這些問題，我下意識離開他起身到陽台，不想把愁緒傳染給他。看著遠方天空，我明白有些事情怎麼做都對，也怎麼做都可能錯，只能勇敢抉擇，後果概括承受。要是走到那一步決定讓他死，無論背後要承擔什麼罪業，我今生或來世就擔了吧。想到這裡淚眼糢糊，卻注意到後山露出一闕彩虹。

我沒多想便衝出家門，要到屋頂去看清楚。遠眺巨大的彩虹，我問天，「祢這是什麼意思？」看了好一會依然無法參透，但內心卻莫名感到安慰。彩虹的出現讓我覺得自己不是孤單的，天知道我的心情。風乾的淚讓皮膚繃緊，但心已經鬆開。回到家裡，耐心好像被充電更新了一樣，繼續靜候不知遠或近的死期。

一週後，Tovi自己呼出最後一口氣，結束了他的痛苦，並終止了我的試練。這是命運對他和我的仁慈。

Tovi過世兩個月，爸爸也過世了，我回到香港陪伴媽媽以及參加告別式。我知道這些都是巨大的失去，心卻平靜而坦然，不知道是震波尚未抵達，或我是個時不時進入解離狀態的怪人？偶爾會幼稚地跟上天討讚：「祢看，我完全沒有哭鬧掙扎，這樣算乖，算臣服了吧？」證明「放手」這一課我學會了，接下來讓我放鬆一下好嗎？全世界沒有人懂，天也應該知道我有多累。

然而不到兩個星期，穩定持續了十多年的親密關係驟然宣布結束。分手的那個上午，我看著清朗蔚藍的天，它有多美麗，我就有多無言。頹然到連「為什麼」都不想問，這個天的行事作風根本乖張到無法溝通。

接下來，要在某個協定期限前決定去向，我考慮過是否該離開台灣，如果留下要不要待在這房子？我以後要怎麼過？眼前盡是大量需要思考、籌劃繼而執行的事，長期處於資訊量超載、難以處理的狀況。人家說「要允許自己悲傷」之類的話，對當時的我來說既廢又苦，現實根本沒有給人哀傷喘息的空間。

那段日子，我最希望有神蹟讓時間暫停，可是沒有，我的肉身仍要在物理時間裡有效運作。所以常常流著淚辦事、買菜、打掃、顧貓，流著淚吃飯、走路、刷牙和吹頭髮，落淚簡直成為一種臉部自然現象。我常幻想從天花板觀看我這個人物，場面其實很荒唐，就像黑色喜劇那樣，我最愛的片種。

終於搬了家，期望如朋友說的，改變環境會對身心有好處。但可能太過透支，初時反而更糟。我體內像是有兩個人，一個堅強自重甚至樂天上進，每天妥善照料貓和自己；另一個卻時而焦躁顫抖，時而空洞恍惚，疑惑為何我在這裡？我在做什麼？我是誰？自覺是個虛妄的存在，跟整個世界沒有任何真實連結，像個被拋離船艙的太空人，飄蕩於無垠的宇宙之間。

一方面我依然用心地過日子，每朝記得吃維他命和葉黃素，能禮貌應對，應付工作，把環境打理得怡貓怡人；看到貓可愛依然會笑、會拍照，吃炸雞和巧克力會開心；懂得欣賞晨光與夕陽的美，見人和發文的都是這個正常的我。但她會隨時隱沒，轉眼發現另一個我身處漆黑狹小、令人瘋狂窒息的囚室，存在毫無意義且沉重。為了不要嚇到貓，我抑制自己不可以失控大叫；為著維護重創的自尊，管束自己絕不能怨天怪人。

某一天我是個囚徒，與焦慮搏鬥了整個下午，精疲力竭導致意識茫茫。上進自強的那個我建議不要待在室內。我以拖著腳鐐的步履出門，到屋頂去，讓清新空氣和自然光線包覆全身。正值黃昏，六月的天空很精彩，絢麗的雲瞬息萬變，讓我有點目不暇給。忽然看到彩虹，但又不是彩虹，是一縷彩色的雲。那天之前我從沒見過彩雲，本來的憂鬱被驚奇取代，徬徨的心填滿了感動。我看著彩雲喃喃問天：「祢是什麼意思？」

也許因為彩雲比彩虹更有誠意，我又願意跟老天講話了。想到從前每次走到懸崖，總有點什麼把我拉住，通常跟自然事物有關，大海遠山天空或風。另有數次萬念俱灰，忽然有陌生的狗跑過來熱情示好，讓我盛情難卻地摸摸牠，直到我神魂著地，心頭軟化回溫，狗才功成身退地離開……所以這就是祢的把戲？任由我焦頭爛額吃盡苦頭，然後給我一顆糖止哭，哄騙我走下去？而我總是被不值錢的小甜頭誘騙，真是個好打發的傻子。

其實我一方面很感動，但又覺得諷刺。感覺被愛，卻又思疑被騙，畢竟人生有時候真的很像騙局。也許長年練習去留意，我還滿常看到彩虹的。只要天空半晴半陰，往陽光照射的方向便有可能發現。另有一次，在家心有靈犀轉身看窗，竟又看到一抹彩雲。如果這些彩虹啊、雲啊、狗啊都是上天祢給我的糖，我想問，這是因為我愛哭，或真的算乖？

某天發現窗外一朵小彩雲，
明珠就位演仙女噴彩霞。

讓我與老天重啓對話的彩雲。

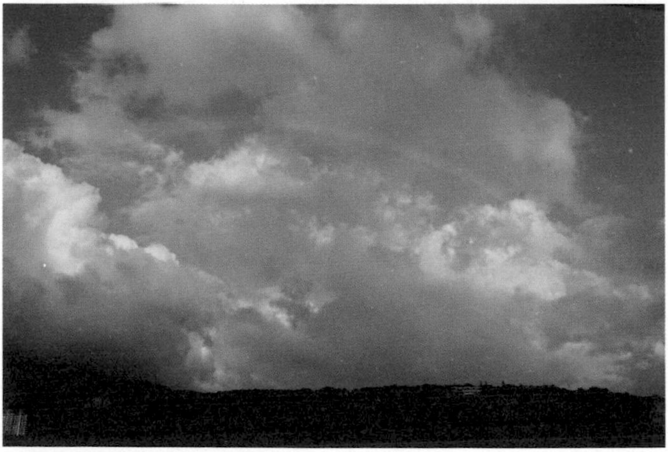

這是 Tovi 去世前幾天出現的彩虹。他走後第七天，在同一位置再現。

關於大人的道理，我有異議

市面上流通的一些說法，對我而言不是真的。然而世人把它們說成真的一樣，好像事情就是那麼簡單？經過長久的思索之後，今天決定在這裡陳述我個人的看法。

「苦難是禮物。」

它不是。苦是苦、痛是痛、災是災，不幸就是不幸，它就是它本身，不是禮物。禮物一般可理解為善意的饋贈，但我認為苦難、痛楚、災變並不帶有任何意圖，更遑論美意，頂多只能說它也沒有針對性的惡意。

我們的確可以為痛苦找到意義，例如發現「自己比想像中堅強」、「吃苦能造就韌性」諸如此類。但誰的生活首選不是平安快樂？得不到，受苦了，才要去找尋意義，意義是人自己苦哈哈去找的，所以若有人不想找也沒有關係。不幸就是不幸，沒必要替它說好話。已經夠慘了，還被殷切期待去感謝並讚美不幸？我才不要。

我們的確可以從苦難提煉人生智慧以及提升心靈，但要靠自己耕耘。過程通常很血汗也很磨人，甚至可能中途就死掉了。這是需要付出龐大代價也不一定有美滿收成的事情。舉個例子，本來阿呆有個豬棚，一場雷電劈死其中一隻豬，再嚇死其他所有的豬，他灰頭土臉血本無歸，好不容易才振作起來，決定在豬棚原地耕種，又經過幾年的投資與辛勞，現在種出了一片美麗的油菜花田。

油菜花是那場雷電的饋贈嗎？不是，是阿呆日曬雨淋種出來的。阿呆也許感恩這幾年的陽光雨露，感懷豬的糞便與屍油讓土地豐渥，但最值得肯定的，難道不是阿呆自己的意志與勞力？

苦難不是禮物，它極其量只是個中性的機會。有力氣又有興趣可以把握它，運用自身的悟性與努力充分利用它，運氣不差的話，可能會另有收獲。是「另有」，並不能直接補償損失，畢竟油菜花不是豬，再養一批豬也不是從前的豬。如果阿呆為油菜花高興的同時，仍為枉死的豬惋惜，也是很合理的。

「肌肉不會背叛你／肌肉是最可靠的朋友。」

它不是。我曾經誤信它是，所以在家裡深蹲到滿身大汗，棒式從二十秒練到三分鐘，關在家也走八千步並邊走邊舉啞鈴。有肌肉為伴的確很高興，我非常喜歡它。可是，有幾次因為受傷或身心不適，必須暫停鍛練，肌肉就離我而去了。患難即走，這算那門子的朋友？傷病期間我也沒有要求它幫我什麼，只是靜待留守它也做不到，它是沒什麼忠誠度的動物軟組織。

喜歡、在意、追求，是自己甘願的事，本來也不能責怪肌肉它現實。但即使大家也喜歡它，渴望跟這位有力人士當好友，實情是它既難養又無情。養它需要耗費大量時間、汗水與力氣，與很多的優質蛋白質。它對女人又特別嚴苛（女性先天比男性更難練出或留住肌肉），基本上生活規劃要繞著它打轉，稍一輕忽，它就離開了！對我始終有情，怎麼擺脫也回來的只有體脂肪。

貓對於我做運動練肌肉的舉動，是如此不屑一顧。

肌肉肯定是理想的夥伴，既實用又能為人帶來安全感甚至榮耀，可是我想說出冷酷的真相——如果愛它，這分愛看來是單向的居多。你永遠要當主動的那個，若伺候不夠周全，得有心理準備它會毫不留戀地離你而去。朋友真是這樣的嗎？我知道因愛慕而努力追求可以是很滿足的經驗，自己認為值得便值得。可是判斷值得與否，最好先看清對方的真面目，避免投射無謂的幻想。

「若不〇〇，你會後悔。」

但你又不是我。「後悔」是事情發生之後，希望當初自己做出不同決定的心情。「會」則是對未來的預測。心情以及未來，都不是任何人能百分百掌握的事，因此兩者都是未知。而最有可能預計這未知的，理應是當事人自己。

說這句話的人，可能認為是推己及人的提醒，但聽起來更像以己度人的恐嚇。當中「我對你錯」、「我比你懂」的意味甚濃。若真心提醒，可以用中立、好奇的語氣問：「如果不〇〇，你覺得你會不會××？」凡事留個空間讓別人說不，是我常常提醒自己，但一不小心又會忘記的尊重態度。

由於類似的恐嚇曾讓我活得提心吊膽，為了排除不必要的恐懼，我認真想過後悔是什麼。它是一種心情，而心情是流動而非固定的，也不是非黑即白的事。比如說，為著對養生的嚮往，我買了一大包胚芽糙米，卻發現原來它不合我的口味，每次吃的時候都有點不快樂。然而，我同時又希望為自己的選擇盡道德上的責任，所以一直沒有丟掉它。嘗試以不同的配菜及烹調方式慢慢吃了五個月後，觀感依然沒有改善。期間我更設計了一個環保裝置，把胚芽糙米放在窗邊企圖餵鳥，結果本來會來的麻雀都不再來了。

我有沒有後悔買胚芽糙米？好像有，但也沒有。吃進嘴巴感到不愉快的時候，我總是寧願它是白米，應該算後悔吧？可是既然買了，無論繼續吃或最終丟棄，我都甘願承擔，因此好像也不算作後悔？

我覺得是否後悔，第一層是判斷此事是否正確、明智，往下一層是個人認為值不值得。最深層則是當事人能否安然接受事實。我買胚芽糙米可能不是明智的決定，吃到第二次便開始懷疑，為了多一點點纖維和營養素而漠視用餐的心情是否值得？然而，就算頭兩關不通過，到最後我卻依然甘願，人是可以對後悔感到不後悔的。

可見後不後悔，是包含多重心理因素的複雜議題，連自己也得抽絲剝繭、深刻內省才能得出其中的結論，旁人的猜測怎麼看都顯得過於草率了。當有人對我們的生活給出魯莽的意見，或做出帶有恐嚇意味的預測，聽到或許會有點不高興，但基本上可以置之不理。

「哭沒有用。」

哭從來都有用，並且有益。人因情緒而流的眼淚含有許多壓力荷爾蒙與化學物質，古希臘與羅馬的思想家、醫生，便已認為眼淚像一種瀉藥，可以排出廢物、淨化身心。現代醫學也指出，哭泣能釋放催產素和腦內啡，催產素能帶來平靜或幸福的良好感覺，腦內啡能減緩身心痛楚。

除此以外，哭泣，特別是抽泣，甚至能振奮精神。抽泣時快速吸入體外清涼的空氣，有助調節大腦的溫度，因而令身心愉悅。眼淚不一定因悲傷而流，有時候非常高興、害怕，或壓力過大也會哭，哭是很實用的生理機制，可以讓人們從強烈的情緒中恢復平靜。反之，壓抑則會導致各種身心症狀，例如心血管疾病或免疫力下降。

但我知道說「哭沒有用」的人也許根本不關心科學知識。他們可能只是不耐煩，或不知怎麼應對別人的情緒。又如果，「沒有用」是指情緒對於眼前的實務沒有幫助，可是哭依然有間接的幫助啊，哭完腦袋更能理性運作，哭泣過後也有助入眠，睡飽的身體自然更有力氣應付挑戰。

面對哭泣的人，有時候會令人手足無措，但其實不一定要做些什麼。因為根據上述的研究證明，哭泣本身已是一種有效的自我安慰行為。哭的人也許當下並不自知，哭泣是生理機制正在呵護、撫慰他的靈魂與肉身。

應該不少人像我一樣，從小被灌輸「哭泣可恥」的概念，即使後來明白哭是正常的情感反應，可能仍因為怕尷尬而拚命壓抑。流露脆弱有時候讓人感到危險，畢竟有很多環境或對象都可能讓人覺得不安全。人前忍一忍好像在所難免，但人後應該可以放下顧慮，更不需要自我譴責，例如代替世界說自己沒用。

哭是很有用的，況且，很多事情不能單靠「有用／沒用」的價值來判斷，就像「認真你就輸了」，但輸贏也不是人生唯一的追求。希望不要有人以為說這些狠話便很清醒明快，聽起來比較像無知又無情。

「〇〇（長輩）老了，可能沒幾年了，你就配合一下吧。」

唉。聽到這句苦口婆心的勸告我沒有一次敢反駁。它的包裝太善良了，一句囊括敬老、慈悲、體貼等美德，再加上生命期限的警示作用。可是有些例子裡，那位長輩可能還有十、二十，甚至三十年可活，後輩從青少年聽到中年，到自己也開始老了仍聽著這句話，任何情況永遠要當那個放下自己、無論如何都該去配合的人。

我想點出一個事實，任何人隨時都可能迎來死亡，或許沒幾年，也可能沒幾天、幾小時，或幾分鐘。人不一定年紀大，就一定死得比較早。二三十歲之人的一天，理論上跟六七十歲之人的一天同等重要。不過，我強調這個客觀現實似乎意義不大，因為這句話的概念，就是主觀預設一方比另一方重要。年紀、輩分、大限，都是用來增加言語力度的法碼，若不順從，這些法碼便可能轉換成愧疚的重量。

（陷入沉思）唉，這題真的不好說（發現挖了一個洞給自己跳）（好，我要拖著法碼爬上來）。我只是希望，社會上能少一些習以為常的言語壓迫。不論身分、年紀、輩分，我們每一個人都重要。每一個人的生活、意願、對自身狀況的判斷，都值得被尊重。

我聽過一句關於自我照顧的註腳：「Taking care of yourself doesn't mean me first, it means me too.」關愛自己不是永遠要以我為優先，而是也有我的分。不要通通交出去了，又期待別人會留你的分，給的時候，就要記得留給自己。

「堅持下去，別放棄。」

已想不起從什麼時候形成這信念，覺得不言放棄，是值得追求的高尚情操。它可能真的是，但也未必是。或許因為人生一定會遇到困難，社會便鼓勵我們勿輕言放棄。鍥而不捨會有突破，堅忍不拔守得雲開。

這讓我想到一幅漫畫。礦工挖隧道，挖到很深仍不見成果，他垂頭放棄，觀者卻從橫切面看到，只差那麼一點，他便能挖到滿坑鑽石。從前代入這圖畫，恐怕自己就是即將出運的礦工，心想此刻放棄豈不可惜？內建的鐵血教官也會激勵鞭策：「放棄就是承認自己失敗無用！撐下去，證明你有能力，你可以！」

可幸，被鐵血督促多年後，出現另一個有人性的聲音說：「不要緊，沒關係的。如果累了，覺得太多了夠了，任何時機，都是放棄的好時機。」剛剛開始可以放棄，到中間，或只差一點點，亦可以放棄。有始有終，那個「終」由你決定；遺憾或圓滿只存乎一心。錯過什麼都不必可惜，我只要你不錯待自己。千萬不用證明自己能吃苦，不如證明能自愛。

放棄不是放棄自己，是明白自身以外的一切，大都可以放下。堅持與頑固之間的細線，是前者不畏迎難，後者無視其他可能性。別人口中的半途而廢，我可以視作劇情轉折。

後來比較喜歡另一幅漫畫。海裡有一條魚，跟另一條正要爬上岸的魚說：「你為何不留下來，努力成為一條更好的魚？」離開的那條魚應該是要登上陸地，變成兩棲類、哺乳類，人類的祖先。此後，若再有聲音譴責我放棄，便回：「不是呢，我在進化。沒有人能阻擋我進化。」

我不知道說出這些觀點會不會惹人詬病，想要寫下來，可能只因為從前的我總是希望，在世界上那麼多的聲音之中，也有人曾這麼告訴過我。

大天使帶來的客人

Tovi，陳炳權，是我的第一隻貓。二十年前在香港銅鑼灣一家寵物店用幾千塊港幣買的。他陪我從香港來台北的時候三歲，活到十六歲零兩個月。

愛貓就是這麼好

讀過一本關於美國黑奴歷史的繪本，書中畫了奴隸的賣身契，我買Tovi的時候也有一張收據，上面草草寫著牠的品種、性別與金額，當時總感覺奇異：我「買」了一個生命？但買貓的我，卻常被取笑是貓奴。怎麼樣的關係會讓人主從難辨？會不會但凡關係裡牽涉深刻的愛與責任，便很容易倒置？貓的性命福祉交付予我，我把無數情感心力、金錢和歲月虔誠奉獻給貓，如果那張收據是賣身契，大抵是雙向的。買賣寵物後來成為重要的道德議題，可是就人與貓的關係層面，這題根本不存在，因為早已經奮

把握最後機會認識他、欣賞他，雖然這方法有點另類。

美咪、糰糰、明珠、Tovi，到此一遊。

身愛下去了啊。

自從「牠」成為Tovi，在我心裡便是「他」，不再低人一等，亦無分彼此。老實說，我一直重視Tovi多於世上任何人任何事，並為此理直氣壯。他的確比誰都更與我相依為命（他走了以後則由明珠頂替）；當Tovi一歲多要動關節手術，便知道有需要時，我會毫無懸念地為他拋下眼前的一切，因為人生沒有一項責任比他要緊。

這是一股遇神殺神、見佛殺佛的偏執狠勁。雖然無從預視他有生之年我的際遇將會如何，卻一直秉持著不能讓他吃苦的心志，這信念後來蔓延到另外三隻貓。

人家說，不會愛自己的人也不懂得去愛，我的經驗卻是當矢志愛貓，盡量為他們提供舒適生活，人也會因此沾光，過得豐足無虞（不過家裡可能有很多廢紙箱）；若用心揣摩如何愛貓，只要把修煉到的仁愛、寬容、耐心和尊重分一點給自己與別人，便已受益無窮、惠澤眾生。愛貓就是這麼好。

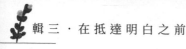

或是說，愛原是最美好，而貓是我撿到的金鑰匙。

最親愛的事

偶爾看到Tovi年輕時意氣風發的照片，總感到遙遠依稀，抱歉自己老是記住他中年的早衰和後期的艱難。

Tovi從小親人，睡覺首選人的床鋪，他不甘待在腳邊，會直搗枕頭，讓我長期只能睡卑微的一小角，他震天的呼嚕聲經常吵得我難以入睡。吃飯他來擠小小的餐桌；工作來壓鍵盤和繪圖板；隔著我跟他的門則會遭受他的霹靂連環拳攻擊。他很愛摸也很愛梳，討摸時會用鐵頭功頂人，也不管人拿著杯、碗、書或手機，常常冷不防被他猛撞手肘而將咖啡潑灑了出來。或是用他的毛手手像個人那樣輕搭我肩，叫我回頭看看他，每次感受到他的觸碰都甜蜜又好笑。

地震時他會看我的臉色再決定要不要害怕；我哭泣他會用頭磨蹭我的臉，然後用鼻尖聞臉上的淚。從他跟糰糰、美咪和明珠的互動顯見他心智遲緩，Tovi的表達能力與心機跟他們三個相比簡直是智障。他嫌棄新鮮食物，只愛加工食品，跟我一樣愛乳製品。他害怕行雷閃電，但我吸塵時會興奮地翻肚皮，邀我幫他吸身。他的標誌是一顆下犬齒外露。他頭大臉大，額寬且飽滿，很好親又相貌堂堂。琥珀色的眼珠從小時候清透到老年的深邃，微觀近看像個小宇宙。

他的毛最為濃密柔軟，撥開表層底下還有絨毛，聞起來像是童年記憶中的泰迪熊，那溫暖感人的味道。但他也很會掉毛，讓我成為無休止黏毛的薛西弗斯。他不會「喵」，叫聲像「呱」；他的手掌心厚大溫暖，肉球灰裡透紅，我喜歡趁他熟睡偷牽起他鬆軟的手。

他忠心，愚魯，溫柔。他擅於忍耐，因此一旦不高興便像突如其來，但其實不是，他只是拙於表達他的疼痛、敏感與恐懼，他的木訥需要被好心人細心理解。他很愛也很信賴我，教我不敢輕慢，但常常盡力了仍覺得不夠體貼。

Tovi這名字的意思是神之良善。他很大隻，很重，抱他或被壓著任何部位超過三分鐘都是沉重的負荷。年前我買了一張重力毯，把整張捲成Tovi的大小，壓著心肺，便是從前他趴在我胸口的重量，閉上雙眼幻想是他。

發現生活裡有意無意，穿的用的越來越多灰色，大概因為那是Tovi的顏色。他離開了，卻散落在四周。

十多年來，我寫過幾千篇貓貼文，那些搞笑或溫馨的梗大都水過鴨背。不假思索寫出這些才知道，歲月淘洗後，他最親愛的是這些。

樓梯．隧道．回不去的床

我和江小姐帶著Tovi、糰糰和美咪從永和搬進淡水時，他們五六歲，沒有一個不愛家裡那道有平台的小樓梯。後來再加入撿回來的陳明珠，白天或半夜在樓梯追逐奔跑，美咪身手冠絕群雄，常跳上欄杆傲視地上眾生，糰糰發出怪裡怪氣的叫囂自以為是狼，陳明珠則是一團橫衝直撞的白肉。Tovi最愛衝上平台甩尾進睡房，一股作氣跳上大床翻滾。木樓梯滿布貓剎車的抓痕，全都是歡樂的痕跡。貓能快樂，誰要無瑕。

然而，Tovi先天骨骼關節不好，中年過後爬樓梯日漸吃力，但他總是喜歡靠自己，抗拒擺布也不聽勸。在他的生趣、自由、肌肉鍛練與關節勞損等考量下，我採取尊重與信任的大方向，隨他逐級慢慢跳，偶爾看到才抱他到平台降落。不疾不徐把貓輕輕提起，再穩穩放下讓四隻腳掌「軟著陸」，乃是我訓練有素的愛心招式。

Tovi漫漫的衰老期，給了我機會去學習尊重一個生命的完整歷程，命是他的，我想他有權利經驗屬於自己的生老病死，包括當中的滿足與挫折、自由與代價。常警惕著別讓照顧淪為控制與剝奪，不過至最後也不知做到多少。

後來家裡要整修，二人四貓遷至鄰近暫住，那幾個月的變動讓

Tovi很是耗損，再搬回家裡行動力已大不如前。目睹他急遽退化我不捨也無力，無法減免他的痛苦，也難以減輕自己的。當時我的身心、關係、生活與工作都焦頭爛額，每天只能勉力撐著不讓任何一方傾塌。像身處不見盡頭更不知通往哪裡的隧道，唯一能做的只有摸黑走下去。後來回看，那條暗黑隧道走了超過兩年，重見天日之時已失去很多，並滿身傷痕。可幸旁邊一直有天真爛漫的明珠，她是任何日子裡的糖。

愛貓人通常分享人貓之間的溫馨片段，不好意思公開說貓多會虐待人。尤其是老貓，也許失智或其他因素引至無日無夜鬼叫，儼然是精神家暴。但他們既是長者又是小動物，人不包容便有不仁不義、不夠愛之嫌。其實老貓老狗的長照跟人的差不多，只是年月較短，同樣可以是無路可訴的困獸鬥。我大多時候獨自在家工作，長期被纏纏和美咪叫到精神衰弱，加上Tovi與日俱增的需求，試過因為顧貓和顧家累到跪在地上痛哭求饒。但別人和自己都知道喜歡養便甘願受，彷彿連被理解或體恤的資格也沒有，唯有親身經歷過的人心照不宣。

而後Tovi的關節炎惡化，一度不吃不喝不動，我大驚憂傷，緊急治療後略有恢復，但已不得不把樓梯封閉讓他安養。病發初期睡客廳照顧他，比較適應便讓他自己在樓下，但他半夜發現沒有人會揪心呼喚，直到我出現在視線範圍才安寧。接下來便在滿足他與自己保命兩者之間抓取恐怖平衡。有時選擇睡客廳，累到不行才回樓上睡床。

他漸漸發現，我睡地板的夜晚可以照樣來擠枕頭，於是又重溫被貓毛插眼和被他噴鼻水的困擾，煩人又親密。他真的很想念跟我一起睡。我為Tovi驟失從前的生活而感概，但其實我們很多事情也不曉得哪次是最後一次。夜夜安睡的自己的床，可能某夜毫無預警就永遠無法回去睡了。也像回不去的故鄉，回不去的家和關係，回不去的過去和自己。

晚上若在樓下工作，Tovi會像忠心小狗守候在傍，等我一起睡覺。某次凌晨兩點仍在趕圖，他站在背後努力發出無聲吠（只有氣聲，已不夠中氣發出聲音），我知道他在叫我轉身看他陪他，但我真的很累很趕，只能耐著他默吠到三點，才轉身一把拐起他，倒地躺平。聽著他滿足的呼嚕聲想著，我如何能夠以最多的愛陪貓步向死亡，而自己活得像個人？後來不顧一切把工作量降到最低，預備全天候長照。

某夜上樓前我跟他說：「滔滔乖，自己睡喔，明天我再陪你。你今晚可以睡大圓床啦、睡沙發啦、睡郵局啦（他愛的紙箱），你有很多選擇耶！」說完忽然想到爸爸。他已經很久很久，只能躺在一張不是自己的床，沒有選擇。我照顧一隻很乖、很單純的貓，哥哥他們照顧一個很有脾氣，情緒和需求複雜的老人。Tovi比爸爸好過，我比家人容易，相較之下便釋然，卻更悲哀。發現現實總是不好之中有幸好，再悲傷依然有感恩的餘地。教人怨不下去，卻笑不出來。

命好

每天也覺得Tovi快死了，但「快」是多久？沒有人知道。我也覺得父母親隨時會死，卻也「隨時」了好幾年。從前在教會聽聖經故事，以色列人在埃及為奴四百年，大家頌讚神的大愛把他們帶出埃及，然而我一直很介意，四百年？對歷史來說或許轉瞬，但對受苦的人卻是悠長的絕望。神的時間觀若跟世人差這麼多，教我怎麼信任祂會體恤苦難？

作為凡人，我只能一天一天慢慢過，眼看稻草一根根落下，不知道哪一根最後將會壓垮駱駝。有天，我轉頭忽見Tovi呆立於黃澄澄的湖泊中央，心頭一凜，沒料到貓小小的膀胱，能釋出如此驚人的尿量。若無其事將他抱離尿湖，看著寧靜的湖面思考著，該用廚房紙、抹布、舊毛巾或垃圾鏟最有效率？許多真實或虛構的悲情故事也有這一幕，失禁標誌著喪失尊嚴的警戒線。

但我發覺還好，Tovi泰然自若，我氣定神閒，新鮮的尿竟然一點也不臭。人貓不慌不忙，事情從開始到結束無人知曉，地板轉眼便光潔如新。

糰糰和美咪跟江小姐暫回南部，家裡變安靜也少了家事。明珠完全不用我操心，天天自己乖自己可愛，並很滿意Tovi吃不下的好料全數歸她。Tovi看了最後一次醫生，已藥石無效，步入安寧期，只能每天吃聊勝於無的止痛藥。壓垮老貓的稻草，會是連續的陰雨、驟變的氣壓、一陣劇烈氣喘或抽搐？或是某次驀然回首他已悄然斷氣？我等待著，揣想著，無效地戒備著。

貓好像會挑選最後的地方，Tovi則是選擇了餐廳的角落。於是，我火速買了五張他喜歡的絨毛踏墊，洗淨晾乾，鋪滿四周，但他堅持直接躺地，後來才猜到他的不適要靠清涼的地板舒緩。再次證明動物的本能智慧，人以為的體貼都可能是餿主意。他全天的生活就是臥在地板，每隔一陣子端牛奶或肉泥到面前，有興趣會掙扎著起來舔。

他好像欣賞我想到用牙刷幫他梳眉心，也喜歡我用沾濕的化妝棉為他擦臉，他瞇眼享受的神情是我的止痛藥。每天花大量時間替他按摩水腫的身體，任何服侍當他覺得夠了，會撥動手腳把身體往後蠕動，我隨即跪安退下。他喜歡自己上廁所，但已不能到陽台去，便用紙箱改裝一個低門檻的沙盆放附近，他還能蹣跚著自己去。

割紙箱時，想起從前給貓做的雙層公寓、店舖和華麗堡壘……我們好像也不錯嘛，好日子沒有一天不盡享，壞日子沒有一天不堅持。

某夜睡前摸著他跟他講話，不知不覺說著：「Tovi，我希望你……」忽然驚覺造句熟悉，像母親提出那些我無能為力的要求一樣，於是馬上住口。說「我希望你」，牌面是為人著想，掀開卻盡是自己的慾望。也許「希望」不該針對任何人，只宜對自己或上天說？我沒有特別希望貓活得久，更不希望貓為我多活一刻半秒。而健康和快樂此時已無意義，那我祈求他命好吧？我負責的部分盡量讓他好命，上天負責的部分，就拜託了。

喀答！

最後一刻，我仍在費煞思量揣摩Tovi的心意，簡直是我養貓生涯（或人生？）的縮影：一直猜，一直想，一直試。晚上他掙扎起身走到廁所，進去卻倒在貓砂上，我幾次扶他，他也掙脫，心想難道忽然想躺紙箱？那我馬上做一個！立刻找箱子改裝作小窩，成品好像有點小，便翻出大紙箱再做一個，覺得可以了，應該舒服。前後大概花了十分鐘。去給紙箱找襯墊時，我瞥見他仍在砂盆，卻有哪裡不一樣？靠近一看，眼神僵直，嘴巴微張，他死了。

原來剛剛在書桌割紙箱，聽到他傳來那一下動靜，像貓手用力

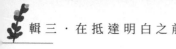

摳箱子邊緣的「喀答」，是他氣絕的聲音。那「喀答」到現在仍深刻印於我的腦海。發現貓砂上有兩顆小大便，是臨終解便要抓緊出力嗎……你怎麼這麼乖，最後仍堅持到廁所上？或者那是靈魂掙脫肉身需要用力……你好棒喔，一定不容易，你做到了。聽說不是每個生命離世時都喜歡有人在旁邊，因此陪伴臨終者該間歇迴避，讓對方有選擇的空隙……你只想我聽到你走，不想我目睹嗎？都可以，你最乖。

看著屍身我一時徬徨，在屋子逡巡盤算該怎麼辦？我查過死後要置放冷氣間，選了葬儀社，知道火化程序、費用和付款方式，可是沒設想從砂盆把他搬出這一幕。我沒有預備容器，也沒想過抱起一條屍體該有的動作與手勢……就像十六年前抱他回家那麼生手。

家裡的紙箱都給我割破了，怎麼辦？我找到一個大畫框，打算充當擔架，看著又覺得不夠安穩。於是騰出長方型的塑膠置物箱，裡面鋪一層尿布墊，好像仍怕他痛。

最終，我像抱起一隻麻藥未退的貓（可是永遠不會轉醒），貼身、平穩、緩慢，呵護備至。他的體重依然實在，但不知還剩多少是他的骨肉，多少是腫瘤的重量。把箱子搬到小房間，關門開冷氣，初次知道原來最低只能調到十六度。

Tovi一生從全屋上下都是他的地盤，到後來活動範圍局限於平面，收窄到樓下，然後棲身餐廳一角，末了躺臥箱子。我想著人何嘗不是，成長期不斷探索開拓，高峰過後逐步回退、縮小，終歸躺在床，移進箱。

不知心急什麼，我把餐廳裡Tovi的東西清理一空，最後無事可做，才拿著筆和畫本進房間。他在箱子裡像個死物（就是死物）。沒有呼吸的Tovi頭一遭看到。一度幻覺他灰色的毛仍有起伏，但只是冷氣的風。

房間裡冷得像寒冬，我坐在地上用冰冷的手開始素描。想記錄但不想拍照。記錄什麼呢？死相並不好看，但我想用視覺連到大腦，通向心再透過手，記錄我們最後一次相伴。

放大的瞳孔裡面看不到他，皮毛下的身體失去溫度，他真的不在裡面了。「你在哪裡？是好地方嗎？」我訴說幾句，哭了一下，忽然意識到，再也沒有貓會在我哭的時候親臉和吻淚了……

不過，此刻重要的是，我還能為他做什麼？叫他到西方極樂、彩虹橋、天堂？但我自己不認識的地方怎麼叫他去？重覆說對不起、請原諒我、謝謝你、我愛你？當下卻覺得語言只有礙事。默禱？可是向誰？這境地還能求什麼？

最後，我跪坐Tovi面前，躬身把內心全然敞開。請你鑒察，我內在所有的光與陰影，誠實與偽善，我的善良、殘忍、高貴、卑劣，豐饒與匱乏，過去當下和未來，真愛或貪瞋，悲傷與感謝……那一刻這隻死去的貓，像化身宇宙萬物，我奉上真實的全部。我不知道自己這個人算什麼，有什麼好、有什麼用，但這就是我能夠交出的一切了。這是愛嗎？你收到了嗎？

骨子裡

Tovi去世那夜，我把他安放冷氣房後，瞬速回餐廳把墊子收起，砂盆打包，拿走為他多放的碗，然後吸地，瘋狂拖地，消毒。還有一個小藤籃，裡面是（以為）他明天要吃的止痛藥和肉泥、各種清潔用品和理毛工具。把現場清理得一塵不染，空蕩蕩，像他不曾存在。當時不曉得自己為何這麼做。

第二天，江小姐從南部趕回來，一起帶Tovi去火化。無論表面多平和，每次送葬，看著身體沒入火爐時都心頭一震。什麼也看不到了，卻更明白，時候已經到了。轟烈的毀滅轉化，熊熊不可逆的永別。

事後，接過裝著白骨的小紙盒離開，盒底竟然暖烘烘，直覺是Tovi的餘溫。我像冬日捧著熱飲一樣忍不住微笑。不過還沒到家，骨就涼了。

一個和暖午後，我取出他的骨攤平在書桌，細心分門別類，排列整齊。對，我變態，覺得他的白骨很美。愛他愛到骨子裡。珍愛檢視過每一根、每一塊、每一粒之後，放進密封玻璃罐。剩一點骨灰栽一盆銀杏木。十六年來他掉落而讓我撿到的上百根鬍子，全儲在一個玻璃培養皿。我把鬍子培養皿、骨頭玻璃罐、銀杏木、和他最後一程蓋過洗淨的棉布，通通集中放在書桌的正前方。自得其樂又滿意，左看右看，遠看近看，跟自己說：「不怕，他就在面前。」

我徹底大掃除，洗床單、衣服、踏墊，逐樣逐樣，最終連沙發抱枕也洗一遍，完美的新陳代謝。只下剩我案頭的他。忽然明白自己潛意識的把戲，我企圖物理性地，把悲傷管制在小小一角。

火化隔天，跟很久之前約好的客戶會面，談笑間她們問貓好嗎？我說Tovi前夜過世，昨天剛火化。對方以為聽錯，大驚問：「妳還好嗎？怎麼像沒事發生一樣？妳不傷心嗎？」我配合地說我傷心呀。但可能神情語氣完全不像，她倆困惑互看，我覺得有趣便笑了出來，令現場氣氛更奇怪。

自知對悲傷與死亡的反應好像跟正常人有落差，而且內心的感受總是難以臨場演繹，文字像是我唯一能夠對人精細傳達的工具。可是，刻骨的事，往往要沉澱好幾年，才能把安靜的瘀積捏成字句。（Tovi死於2018年9月。）

失去與慶幸

在香港寄住好友家時，我摟著她的狗Kathy不由自主說些親愛的話，卻屢次把她叫錯成Tovi。從香港回到台北，推開家門，目光馬上搜索Tovi，隨即想起，尋遍天地也沒有他了。吸塵機發出溢滿的聲音，該清理集塵盒，但想到了裡面有他最後的毛和貓砂。為什麼死只有一次，卻告別不完？

後來搬家前忽然擔心，萬一Tovi的靈魂以後回來這裡，找不到我怎麼辦？以防萬一，把他十幾年前搭飛機來台灣的籠子取出（上面還有貼著他當年跟機組人員自我介紹、請多關照的卡片），打開籠子的門，放在餐廳他去世的位置。心裡說，若你回來要進去啊，讓我帶你到新家。為什麼都已經失去了，仍怕再次丟失？

弔詭的是，失去每每也帶來衷心的慶幸。Tovi死後的三個月內，我因為父親生日、過世和他的告別式來回香港三次，每次都想，幸好Tovi死了，離家再也不用為難和顧慮。那些年搭飛機常會驚恐，每次都得千方百計熬過短短的航程。我潔癖，從前沒疫情時已隨身攜帶消毒酒精，在外面不會觸碰東西，碰了要消毒雙手，搭飛機要消毒整個座位。可是自從Tovi和父親過世，搭飛機的恐懼與消毒強迫症狀下降了八成。

也許，當生命讓人面對一些真實，便消滅一些恐懼幻相。

從父親的告別式回來不久便分手。失去Tovi、父親、伴侶，連帶糰糰和美咪，與經營十多年的家。最終決定帶明珠開始新生活。水深火熱的日子，無數次慶幸Tovi不用分擔我的悲傷，我捨不得他經歷這些無常和震盪。同時亦慶幸，長年的失眠和過敏在失去這一切之後，居然不藥而癒。

俗話說：「把自己的快樂建立在別人的痛苦上。」我卻發現，自己有些快樂建基於自己的痛苦之上。

如果誠實，便會承認，「擁有」的日子並不全都幸福，「失去」有時候是期待已久的解脫。曾說過的「有你真好」都真心，後來的「你走得真好」亦發自肺腑。之前走入了黑暗隧道，每一步都好孤獨，慶幸終於走到盡頭，又重見了天日。失去會痛，但稍微不痛的時候，會發現四周變得明亮，步履更輕鬆。

大天使帶來的客人

曾經夢見，大天使帶領一群賓客到我家，一起等將要到來的上帝。客人之中有四個還沒吃早餐，於是我到廚房，打算做一頓豐富熱暖的給他們。燒紅了油鑊，打開冰箱卻發現雞蛋不是破了便壞掉，一陣慌亂，最後只能做簡單的酸黃瓜起司三明治（從中學到現在，我經常也最愛吃的早餐）。夢裡心虛沒有更好的東西招待客人，還望他們不嫌棄。

醒來後，我翻查心理解夢書，它說掌管廚房代表現實中辦演著撫育、滋養的角色。我這輩子只養過自己和貓，所以那四位客人，應該指家裡的四隻貓吧？我想用最豐盛、最美好的款待他們，結果只能端出僅有的，最簡單的東西。

不過，我很喜歡「客人」這寓意，不用求也不強留。能接待大天使（不只天使，是大天使！）帶來的客人，是我莫大的榮幸。他們四個都很不同，但各自最乖最美最可愛，也都教會了我一些重要的事。

Tovi離開兩三年後，糰糰和美咪相繼過世，我感謝可以一起去送這兩位曾經相伴十多年的小貴客。祝福你們下一程旅途愉快，幸福自由。

此刻，我身邊還有一位客人，正在津津有味地舔她的粉紅肉球。我會留在這裡，招待這位小姐直至她今生滿意足夠。

選擇的編年史

「你可以選擇快樂」這句話，平常聽到是可以頷首微笑的。可是，某次哀傷中有人對我這麼說，全身九成的血液湧上腦門，似要炸開，但肝腦塗地會驚動貓，只好運用畢生修養慈眉善目地說是，我明白，然後衷心道謝。說罷心又老了三年，苦笑中進入大悲無言之境。

這讓我不禁想，選擇不是旁觀者看到有就有，有些選擇，理論或廣義上當事人知道，但當下因種種無力而跨不出去，便形同無。旁人再振振有辭說有選擇，可能進一步將已經無助的人推向更孤獨的死角。就算對，但對到把人逼死又有什麼意思呢？道理是真的，苦也是真的，前者只需要聲帶震動，後者是另一個人的汗滴與眼淚，日子與人生。

選擇這個東西，常常似有還無，或反過來，覺得沒有其實有。有時選了也不自知，而不作為又是另一種被動的選擇。人生由一連串選擇組成，選擇有時出於恐懼，然而，但願它出於嚮往。

1

十歲前。

人之初真的無從選擇吧？無論出生於什麼年代、國族、家庭和基因組合都已命定。稚童本來也不會違逆這些設定，我們只能用小小的身軀、沒長全的腦袋，盡全力適應著。順應自己急劇變化的身體，臣服於身處的任何境況，接受身邊所有人與他們給予的種種對待。

女童剛上小學，覺得英語課很難，每週有默寫或測驗，成績帶回家輕則被嫌重則受罰，她覺得日子是連綿的壓力與恐懼。某夜躺在床上，她一臉愁苦地盯著天花板，想自己為什麼是自己？旁邊的三姐問她幹嘛嘟嘴，她說：「為什麼我不是洋人？要這麼辛苦學英文。」她清楚察覺人的命運有別，只是還未學會如何消化。天生並非洋人也沒關係，要是當另一個小孩可以好過一點，她也很想。想得經常睡前幻想，某天課堂中途忽然有老師進來領她走，揭發她的親生父母另有其人，從此在新家過著幸福快樂的日子⋯⋯這是女童編來哄自己入睡的故事，最愛想像我不是我，偶爾幻想世界末日，或自己猝死。

恨生活卻又逃不掉，便只能恨自己。

那時候沒有人教她喜歡或接受自己，而教她自我嫌惡的範例卻無所不在。她不夠好，要更好才有被喜愛的機會。更好的標準像根追不到的紅蘿蔔，追不到的原因據說有二：懶惰或無用，沒有其他。以她當時理解，懶惰是品格的缺失，要痛徹悔改；無用則整個人是劣質品，活著是辜負與失望的化身。

有時候她很抗拒回家，但家是小孩唯一的歸宿了，別無選擇。女童顫抖著交出成績單，不知這次是徒手或用刑具。痛一兩天就過，最怕傷痕幾天不散，被別人竊竊私語的羞恥……母親消氣後苦惱地說：「真不懂怎麼生成你這樣？我和妳爸都是聰明人，哥哥姐姐也名列前茅，妳沒可能是笨蛋。」繼而推論：「只要你肯努力，便能考第一。」女童彷彿聽到一絲肯定與鼓勵，抽噎著問：「真的嗎？我努力就可以第一名？」母親鐵口斷言說是。女童相信了，表現卻沒有起色，不得已只好相信自己無可救藥的懶惰又無用。

其實她一直不知到底怎樣才算「夠努力」？長大後仍不明白。那個「夠」好像從來不在自己手中，不是她有權頒發給自己的。日後每次力竭不支，她會語帶抱歉地說「我不行了」、「沒辦法了」，接著以某種認罪的姿態倒下。無論如何就是說不出：「我夠努力了。」

2

二十歲前。

女生獨坐偏廳填寫報考大學的表格，兩年來她在這張桌子前日以繼夜地畫畫，美術總算拿到全年級第一的成績。估算著自己的分數，設計或美術的科系、甚至會計或工商管理應該都沒問題。第一到第五志願該怎麼排？她想像，若一輩子要穿套裝坐在辦公室與文件為伍，工作裡沒有創作，她會死。

既然性命攸關，便把五格都填了設計、廣告與美術。但不免顧慮，媽媽呢？媽媽苦口婆心無數次說該念商……然後在腦中辯解：我已摒棄報讀插畫學院的念頭，只因為它不是大學，她心心念念要四個子女都上大學，現在只差我一個，怎能不配合？

有天，婦人推開女兒房門，說要跟她聊一聊。女生反射性地進入戒備狀態，空氣充滿張力。她低頭垂手全身僵硬，預備承受衝擊。婦人說：「妳要上大學了，對未來有什麼打算？」女生沉默，歷年的經驗讓她本能地知道少說少受傷，雖然代價是自責無禮不孝，但前者是急性重創，後者屬慢性折磨比較能夠習慣。

婦人也慣於忍受女兒的冷淡，逕自演說她的台詞，說很擔心她，就算在學校裡美術拿了A得過一些獎，出社會什麼也不是，做藝術不會有好生活，除非你是萬中選一的天才吧，她問：「妳覺得自己天分夠高嗎？妳有那麼厲害嗎？」女生中槍，羞恥的彈頭在體內連環爆發，要更僵硬才能不發抖：我什麼都不是，我不會有好生活，我天分不高，不夠厲害……這幾句話，成為她日後要長年對抗的詛咒。

「如果妳分數還可以，媽媽很希望妳念會計。」話語間忽然自稱媽媽突顯位分，能讓威力倍增。婦人把以上內容用苦勸與恫嚇的方式交替演繹，最後可能累了，無奈地離開女兒的房間。

人到了十八歲，立即被賦予許多選擇權利，能選擇便代表要為自己的命運負責，包括十八年來繼承的幸運與不幸。每個人都有不同款式與重量的包袱，身上多少已帶點傷，卻被催促往同一根紅蘿蔔奔跑，展開一場更龐大、更沒有盡頭的競技。

十八歲聽起來風光明媚、前途無量，女生卻感到沉重無比寸步難行，開始認真考慮輕生或許是最好的選項。她也想充滿盼望地談理想講志向，但只要往前看，便覺得有大片晦暗與虛無要把她吞噬。「未來」怎麼聽都像個恐嚇，她沒有辦法選擇樂觀。如果我能替這個女生說話，她不懶惰也不是無用，她已經用上所有力氣與方法，每朝選擇站起來活下去。

3

三十前後。

「人生是你自己的，事業前途、人際和感情關係、乃至所有創傷和痛苦，挫折與擔憂，都是你自己的事，與人無尤。」是的，我知道。

「做人千萬不要抱怨，恨和計較既難看又沒幫助，要想辦法改變。不管別人怎麼看待或對待你，你心裡面要有志氣。」好。我要記得做人永遠有選擇。

「去愛和感謝父母的好，他們盡力了，他們夠難了，你明白嗎？」我明白，他們盡力了。

「要勤勤懇懇，自給自足。盡可能選擇活，覺得快不行了要求助，看醫生吃藥或心理諮商都好，別影響工作和連累別人。照顧好自己是首要責任。」我知道，我會。我有。

四十前後。

「你知道你為什麼是你嗎？」我從小就問這個問題。

「是你靈魂出生之前自己選擇的，遇到的人和事，都是今生選修的課，這說法你能相信並接受嗎？」好，我相信，我接受。

Whatever fucking shit，什麼垃圾屎都是我選的（笑）。

「那你覺得可以看開一點，不要每隔一陣子便想著死掉比較好嗎？」我看很開了，而且想著想著也老了，餘下的日子不算多，要活完它好像沒從前難……咦，現在是《與神對話》嗎？

「應該不是喔，是你自問自答自說自話而已，你越來越不正常了。但我比較喜歡現在的你。」謝謝，我也喜歡你。但別人會不會覺得我們太不正常？

「別人怎麼看很重要嗎？你真的覺得自己很不正常嗎？」好像也沒關係了。我覺得……也許這才是我的正常？

4

魔幻看過一百次會否變得尋常？如果上千次呢？比如說絢麗的夕陽。

她從前自豪擁有一種能力，一旦用生命意志去愛什麼，便能超乎尋常地堅持，敵抗日久生厭的人性定律。鐵證是她可以十多年也珍惜如初，天天讚嘆窗外的夕陽。但那是從前，後來她發現「珍惜」是過譽的美德，到頭來彷彿毫無價值。

她察覺今天做什麼都缺乏耐心，到了傍晚，紅紅黃黃的光線映入室內，看到對面大樓反射的金光，忽然衝出家門直奔屋頂。自從搬到這裡，每到日落便很容易焦灼不安，她不習慣窗外再也沒有從前整片的山海與天空，好像每到傍晚，都殘忍地提醒她所失去的。當天的晚霞越美麗，便越刺痛她。

她試過憤然拉上窗簾，也試過逼自己定睛看玻璃折射的刺目光線，命令自己直視現實。後來，心裡有個柔慈的聲音說：「It's

okay，太陽總在西方落下，西邊總在那裡，出門轉個彎便是，上屋頂也看得到。出去散步或乘車，天地山水隨時隨在。世界很大，天地不變，你是自由的。只要活著便有風光，不要丟失去愛和欣賞的能力。但你要選擇喔，別坐困在原地空恨錯過了什麼。」

所以她來到屋頂。站在金光中細細感受風的流動，靜聽下面層層疊疊的車聲、人聲、鳥叫和蟬鳴。風忽爾吹來煎魚和沐浴乳的香氣，突兀到讓她微笑，覺得真有人間況味。她盡情感受著自身的存在，和此刻與萬物的連繫。

看著太陽徐徐朝向海面下墜，把天空渲染出寶藍、青碧、橘紅、鵝黃、血紅、絳紫、櫻粉……有些細膩的流轉只能親眼見證，任何鏡頭都無法擷取。經過多年的觀察，她一直覺得滿天紅霞雖然壯麗，但落幕之前，色溫從熱轉冷的短暫過渡，才最婉約動人。

凝望天空她驀地發現，彩光更迭的流程與節奏，配合當天的風速雲量，每個細節她都了然於胸。內心油然生出一分安穩：我好像不用再害怕錯過什麼了，根本是錯過的相反，我已經全心全意捕捉過無數次，那些無限好的片刻。

這天之後的黃昏，她便沒有再浮燥不安。以為在外面的，原來早在裡面。她也發現，珍惜不是為了防範失去，而是每次珍惜，便收進心坎一次，成為自己的一部分。

幾年前我作了一個夢，在明亮的海岸登上一台旅遊車，車上乘客都是年輕男女。我站在走道，手上的iphone失靈了，刺耳的鈴聲怎麼按都關不掉。很怕影響到別人，便越來越焦急，沒法子之下想到唯一辦法是毀掉它，可是又捨不得，手機貴嘛。百般掙扎最後決定，好吧，為圖安寧，摔就摔吧！預備要用盡力氣，務求一下把它摔個粉碎……

此時，身邊一位少年遞來一張紙，我一臉狐疑不確定是否該接下。另一個少年跟我說：「他是死神。」我頓時明白這張紙是讓我死的意思。我困惑又無辜地看向死神少年，他友善微笑，眉宇間毫無惡意，我問他：「為什麼？我做錯什麼了嗎？對不起嘛。」他開朗地笑：「不是啦，只是你到別的星球會快樂很多。」

聽到「快樂很多」四個字，忽然感覺一片光明，心生嚮往。他續道：「你去了之後，我們（指車上的人）將來仍可以相約去玩的啊～」我聽了更加安心，正要考慮接受……

轉醒發現，夢裡響個不停的手機鈴聲原來是枕邊的鬧鐘在響。

夢就像另一個真實世界，捨不得摔爛手機的心理轉折太逼真了。放手前的兩難困境，心如鉛球沉重，慨然決定後頓感身心清朗。「放手」是很難轉的一個彎，因為轉之前根本沒路，然而轉的一剎，路便展開。柳暗花明，絕處逢生。

轉折的發生可以很快，但仍舊很難。醒來恍然大悟，原來「捨」是這麼一回事……在夢裡我做到了。當時覺得透過夢境明白了重要的事情，為自己睡一覺便「得道」感到驚奇。可是，記錄這個夢之後剛好三百六十五天，我在現實中真的面臨了重大的捨。當初的「得道」，並沒有讓這個彎，或以後的每個彎轉得比較容易。

每一次「捨」依然難。不過是做得到的。

長年的憂鬱史讓我好些夜晚都想放棄生命，卻又千方百計勸阻自己。最慣性的勸戒為：死是不對、不好、不負責任的選擇。這種道德束綁讓本來已經虛弱的心神更加疲憊。然而，在夢裡的死神不惡，比很多人還要親善可喜；而死亡其實沒有對錯，端看我是否接過一張紙而已。它只是一個不輕也不重的取捨。當知道原來怎麼選都可以，都沒有不好，反而沒那麼需要死了。留也好，去也不錯，就先留下看看吧，日子想怎樣過都可以，要做什麼，或不做都可以。

真心捨下的關頭便得自由，於是又能夠回頭選擇擁有。

你我什麼都不是

把玻璃瓶的標籤徹底撕除，搓走頑固的殘膠，就著光線欣賞剔透的瓶身，總讓我滿足快慰。也不是討厭標籤，有些設計還滿可愛的，使用期間亦很需要它的辨析功能。可是用完了，失去意義，就會想撕，還原瓶子的本來面目。它不再是果醬、花生醬、義大利麵醬，它有自己的形狀、自己的漂亮，是個有諸多可能性的玻璃瓶。

然後發現，面對生活上的標籤我也抱持類似心態，到了某個時刻便欲除之而後快。許多標籤，其實是我搶先貼到身上的。比如為著解釋口音，會盡快招認自己是香港人；職業呢？從前是設計師，現在是插畫師和作家。有時候會聽到：「我知道妳，妳是明珠的媽媽！」我便欣然說是。要被認知，便要予人方便，快速定義自己。

是什麼與不是什麼，前者極度簡化，後者卻一言難盡。該怎麼說明呢？我可能從來不是典型的香港人；設計畫畫，寫作手作我都會，但每樣都像半途出家；明珠年歲漸長開始想，將來沒有貓了，我在貓友眼中還剩什麼身分？或就無人問津？沒有附加價值，只做自己夠不夠？

「自己」又是什麼？於不同時期被標籤為不受教的孩子、問題學生、怪人。後來陸續得到一批專業標籤，憂鬱症、選擇性緘默、驚恐症、強迫症、亞斯伯格、共感人……每個標籤都曾帶來類似沉冤得雪的悲喜交集；被正名也會獲得他人某程度的原宥和諒解。可惜很快發現，這分久等的體諒能隨時變臉，化為區隔或貶視。有些標籤能帶來一刻的認可與愛護，同時是醒目的箭靶，被理解或評斷全憑造化。

標籤下還有沒有機會想像，能夠長年在憂鬱下倖存，其實需要強大的樂觀因子？能抵抗恐慌突襲，事實不可能是個不勇壯的人？亞斯的「缺乏同理心」與共感人的無邊共感，會合成怎樣的變異體質？

流行的標籤像星座，天蠍讓人立即聯想到復仇，可是我根本不相信報復。別人會願意觀看我的言行品格，或取信刻板印象比較省心？人類圖的分類下我屬少數的投射者，初接觸以為是獲取助力的工具，其後卻感到限制與力量的削減。「投射者不能主動發起」教人如履薄冰也像自我閹割；「要安靜地等待邀請」讓人繳出主動權，只能默默付出不求回報？「苦澀表示你處於『非自己』的狀態」，活著誰能全無苦澀？「投射者的錐形能量場讓人有尖銳的壓迫感」，那我要把自己收到哪裡？

簡化歸類後，人性便傾向區分你我、優劣、強弱、失敗與勝利等二元立場。若跟大眾同一陣營能獲得認同與壯大感，小眾即使聚合仍有弱者圍爐取暖的氣氛。

知識、信仰與工具本應中性，可是一旦落入俗世凡人手中，似乎便難逃被超譯與誤用的危機。於是我決定輕視權威，並開始相信，無論形象何等高明睿智，只要是人，底蘊都有著一個幼稚輕率，隨時受不安、恐懼與私慾驅動，會說錯話與做錯事的五歲稚童。任何工具若不能給予力量反而予以限制，便不是自己現時所需要的。

真想撥開鋪天蓋地的標籤說：「你什麼都不是，我什麼都不是。」這並非粗魯抹殺的否定句，而是讓彼此還原本來面貌，重拾自由與可能性的公平肯定。尚有用處時善用標籤，無用時便像吃完的果醬瓶，給它痛快撕除，做回本來如是的自己。

等待的修爲

鍋子空燒，就算不釋出毒物也燻出一片黑。「等待」有時候就像空燒，越是在意，火力便越猛，耗能又傷身。

鬼故事

數年前，我看了一齣頗為小眾的鬼片《鬼魅浮生》（*A ghost story*）。它其實關於等待。戲裡的鬼一點都不嚇人，只是一張白床單挖了兩個眼洞，像小朋友的萬聖節造型，這故事可怖在於它非常沉默，十分悲傷。

戲裡一雙同居愛侶之間不是沒有愛，但從預備搬家的互動中，明顯看得出他們溝通不良，雖然在一起，卻各自寂寞。接著，男方因一宗簡單的意外驟逝，演女友的魯妮．瑪拉到醫院認屍，連該怎麼反應都不知道。女友離開後，男人在停屍間坐了起來，變成一隻床單鬼，在醫院遊蕩時他看到一道白光卻沒有走進去，不知怎麼便回到了家裡。看著女友為自己的死陷入憂鬱，在屋子裡活像行屍走肉般，她夜裡寂寞哭泣時，床單鬼伸手安慰她，卻不管用。

鬼的時間非線性，時間感也與活人不同，透過幽靈的視角，女友哀悼的時日在他眼中，只是連貫短促的一幕。好不容易她漸漸走出傷痛，臉上重現生機，終於決心搬離這個她原本就不太喜歡，只為了他喜歡才租住的房子。她小時候常要遷移，所以養成一個習慣，離開前會寫一句詩或一闋歌在小紙條，記念住在這個家的時光，然後把紙折得很小很小，再塞進某個隱密的縫隙，離開這房子前她也這麼做。

女友走了，床單鬼卻仍困在屋子，想挖出她留下的小紙條，鬼手卻依然無力。新租客搬進來又遷出，走了再有新的人入住，時光荏苒，鬼仍留在原地，頂多偶爾去挖挖藏著小紙條的縫隙。有一次，鬼發現對面的空屋有另一隻床單鬼，他用意念問對方在等誰？對面的鬼隔著玻璃窗表示他已經不記得在等誰了。等太久有時候會這樣，初心日漸迷濛，守候化為一股成分不明但僵化強頑的意志。

物換星移，過了可能一兩百年，床單鬼一度佇立在沙塵瓦礫中，曾經的家已被拆卸，變成未來世界一棟冷冰冰的摩天大廈。鬼從高樓一躍，墜下時竟返回數百年前的原址。他繼續在荒地上等，目睹一代又一代的人生生死死，幾百年過去，終於等到他住過的房子建蓋起來。旁觀當年的自己與女友來看房，搬家安頓，看到兩人之間的親密與陪伴，隔閡與無力，看著當天的自己再死一次。

鬼又再度獨守空屋，可是這次，縫隙裡的紙條終於被他的鬼手指挖了出來，看完，他甘心了。床單轟然落地，鬼消失，電影結束。鏡頭沒有帶到紙條的內容，而我也覺得寫的是什麼都不重要了。因為超過六十分鐘的沉默徘迴，他的依戀、執著、茫然和悲傷已經填滿觀者的心，那幾百年分量的唏噓已超越所有答案或任何字句。

那一年那一天，我一個人在家顧著四隻貓，寧靜的夜裡，於一塊蛋糕上面點燃蠟燭，默禱了生日願望，吃過藥便躺在地板，關了燈看這齣隨手找來的戲，沒想到竟與一隻鬼心領神會。等待的人活著也像幽靈般隱形消音，它只有眼睛沒有嘴巴，眼睜睜目擊一切卻靜默無聲，一雙鬼手對現實施不上力。一切都像宿命，過程如同蹉跎了幾百年，輪轉了很多世，心事仍只有自己知道。那時候亦已經明瞭，無論等待的是什麼，最後不過是等自己甘心，或者說，等到明白等待是徒然。

給貓的就放著

承受等待的折磨時，很容易遷怨於所等的人或事。但若追根究底，會發現罪魁禍首從來不是對方，時間也沒有要折騰誰，不是命運故意跟人作對，元兇是自己心裡滋長出來的預期。等待的功夫到頭來其實是「期望管理」。

養貓的人一般會經歷很多次，拳拳盛意地帶著自以為好吃、好玩、好躺的寶物回家，貓卻視為糞土。貓從來不管人類的期待，自己的期待要自己管。從前，某次逛傢俱店，看到一個裡面吊著帆布的置物格，我的腦袋一秒認定這是完美的貓吊床！腦海中浮現出小貓躺在帆布上的可愛畫面（嗶嗶嗶！期望出現）。但養貓這種任性的生物越久越知道，在「期望」周圍要預留充裕的空間，這空間要容得下許多可能——貓可能嫌，心意可能落空，錢可能白花，空間或許會白占，到頭來白費力氣搬回家，最終又苦惱著不知該如何處置……

貓也讓我鍛練「放著」的情操。把吊床帶了回家，審慎考量貓的習性後，置放於安妥的位置，各貓紛紛查探新品，卻沒有一個領情。沒有關係，就放著。或許有天會等到他們青睞，也可能等不到。如是過了兩個月，某天明珠悄悄爬上吊床，成就我腦海曾經幻想的畫面。我保持客氣的距離觀賞她，深怕眼神洩露的熱切會驚擾到她。看著她怡然入睡，我比平常更輕手輕腳，默默祝福她睡得酣暢，對吊床留下正面印象，提高再次光臨的機率。

我發現，即使等到盼到，通常也不會放肆狂喜，頂多鬆一口氣。可能因為等待是一份沉靜又謙卑的心思，期間克制著不讓期待擴張，盡量維持平常心的結果是，有天等到了，也沒有出現最初以為會有的高潮，心情比較像苦盡甘來的欣慰。

葡萄成熟時

等待越久，期待裡面摻雜的成分越複雜。我人生中最用力等的其中一件事，是台灣的永久居留證。本來以為只要等五年，從第一天開始便祈盼五年後修成正果。我不知不覺間把一切工作、生活、感情上的壓力與不如意，全押注在未來的那一天，以為屆時將獲得讓我振臂高呼的大解放。

在屆滿五年時，剛好在寫《小港包的台北五四三》，一本記錄台北生活體驗的圖文書。我沒有跟出版社或任何人說，但其實暗中盼望這本書完成之時已獲批永久居留，那麼，這部帶著愛意去做的小作品，將是對生活和身邊的人多麼甜蜜的禮贊。

可惜事與願違，由於陰差陽錯的原因，我的申請被退件，判定需要多等兩年。一時之間難以消化此打擊，不久便情緒超載、憂鬱發作。不過，身為一個高功能焦慮患者，我每天繼續上那個給我工作簽證的班、接案賺外快、把書做完，笑著宣傳和做訪問，日子還是過去了。

最低潮的期間，香港的朋友兼舊老闆不捨我低落沮喪，豪氣干雲地叫我回香港。我不能跟她或任何人解釋我為何做不到，也沒辦法大方說明我的等待與期望，只能讓巨大的失落結成一顆心裡的石。不知道為什麼失望總會伴隨滿滿的羞恥感？可能惡毒的自己在恥笑我竟敢盼望；或自覺太不重要，我的想望與挫折在世界上都沒有位置。

現在回頭看，那是很深刻也很辛苦的一關，苦了自己也苦了親近的人。兩年後，申請終於通過，但我沒有七年前想像的吐氣揚眉，而是帶著苦味的感謝。等待有時候會這樣，當你放下心頭大石，可是心早已壓出石頭的凹洞。

那些最痛又不能言說的日子，腦海會重播陳奕迅的〈葡萄成熟時〉，一首我心目中關於等待的神曲。日子好端端的時候，它只是眾多經典金曲的其中一首，不會特別想起，但灑在新鮮的傷口上，卻是具有療癒奇效的鹽。填詞人黃偉文寫的是等不到的愛情，可我發現，任何重大的失落情境拿來聽同樣有放血（或狗血）的淨化效果。也許是因為，所有期望都源於愛。

低沉的歌聲一開始唱：「差不多冬至，一早一晚還是有雨，當初的堅持，現已令你很懷疑，很懷疑，你最尾等到只有這枯枝……」那兩句很懷疑往往能馬上戳中我的要害，等待最痛的，在於懷疑自己的付出不過是個毫無價值的笑話。到副歌時，他放聲用力唱：「日後，盡量別教今天的淚白流，留低*擊傷你的石頭，從錯誤裡吸收。」會讓醜哭著的我，燃起心底的鬥志，立志記取教訓，要當個更好的人。緊接是教人看開一點的勸勉：「也許豐收月份尚未到，你也得接受，或者要到你，將愛釀成醇酒，時機先至熟透。」我便拭乾眼淚，叫自己釋懷、認命再前行。

不過，令人百感交集是最後的回馬槍：「我知，日後路上或沒有更美的邂逅，但當你智慧都醞釀成紅酒，仍可一醉自救。」讓人苦笑認同又想翻桌，所謂收成，可能只是清風兩袖的精神勝利。智慧的道理，往往不是人們想聽的答案，但不管打破幾個砂鍋，它就是最終的謎底。

樹

窗外有棵很高的樹，我臥房和書桌前的窗都能夠看到濃密的樹冠，當初看了很多間房子，進到這間時一見樹便心生喜悅，覺得我和明珠可以住在這裡。可是，搬進來大概兩個月後，有天，一輛鋸樹車駛至，伸長梯子便開始鋸。呆立窗前目擊，我感到不可

＊粵語的留低，即為留下。

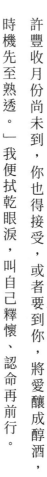

置信並怒氣攻心，他們用粗殘的手法胡亂把樹木截肢！那一刻我沒辦法坐視不理，便衝到樓下詢問社區管理員是怎麼回事，他說他也不知道，因為那棵樹不屬社區範圍，應該是里長的安排。

里長，我要找里長的電話打去問嗎？看著工人把繁茂的枝椏一根根鋸掉，毀掉本來和諧對稱的樹形，切斷處裸露著新鮮的傷口。如果打給里長他會怎麼說？出於安全理由要砍？對面的大樓投訴樹長太大？里長有可能為我的一通電話馬上停手嗎？我越想越感到悲觀並深感無力，於是直接進入哀悼的狀態。

回到家裡，看窗外被砍掉大半的樹冠，形容破碎，是一種喪失尊嚴，備受糟蹋的傷。之後，每天看它就像探視一個遭逢不幸的友伴，有時路過會特意繞到它跟前蔭下，摸摸樹幹心裡說：「我很抱歉。你會好起來的。」

頭兩個月，我天天觀察它有否長出新枝葉，心裡估算著要等多久才能恢復舊觀？我為它祝福加油，希望它能長快一點。然而大半年過去，看不太出來有何進展。有些等待感覺那麼漫長，讓人懷疑永遠不會發生。後來我不再說加油，也沒有再等，只靜靜地看著，接受它的樣子。到現在已經超過三年，樹冠大概長回全盛時期的六七成，而兩邊的斷臂仍悽慘地光禿著，說不定已永久壞死。老實說，我不太記得初見它的美麗模樣了。

過去三年的某個時間點，我看著樹時忽然覺得不用等了。愛它，不是等它恢復成我眼中該有的理想形狀，而是愛它每個此刻。不用等它給我最初的喜悅，用我今天所有的喜悅去愛它。然後看到有些日子特別熱鬧，好幾種鳥在枝頭唱歌跳躍，松鼠在樹幹間遊戲追逐，它是一棵被愛的樹。今年入秋，陽光下樹梢輕輕款擺，貓躺在窗前極盡慵懶，我看見樹的綠影與貓的白毛都在閃閃生光……這樣說有點尷尬，但我那一刻驟覺一切完美無瑕，我們一無所缺。

世事如貓，殊難預料。如果一切等待與期望都因愛而生，是否也可以因為愛而放下？假使有天我能愛萬事萬物如貓，也許便能練就等待的至高境界，等而不待，盼而不求。

想念的總和

作　　者　Emily Chan
責任編輯　李雅蓁 Maki Lee
責任行銷　鄧雅云 Elsa Deng
封面裝幀　朱　疋 Jupee
版面構成　譚思敏 Emma Tan
校　　對　許芳菁 Carolyn Hsu

發 行 人　林隆奮 Frank Lin
社　　長　蘇國林 Green Su

總 編 輯　葉怡慧 Carol Yeh
行銷主任　朱韻淑 Vina Ju
業務處長　吳宗庭 Tim Wu
業務主任　蘇倍生 Benson Su
業務專員　鍾依娟 Irina Chung
業務秘書　陳曉琪 Angel Chen
　　　　　莊皓雯 Gia Chuang

發行公司　精誠資訊股份有限公司
　　　　　悅知文化
地　　址　105台北市松山區復興北路99號12樓
專　　線　(02) 2719-8811
傳　　真　(02) 2719-7980
網　　址　http://www.delightpress.com.tw
客服信箱　cs@delightpress.com.tw
ＩＳＢＮ　978-986-510-256-2
建議售價　新台幣３８０元
首版一刷　２０２２年12月

國家圖書館出版品預行編目資料

想念的總和／Emily Chan著. -- 初版. -- 臺北市：精誠資訊股份有限公司,2022.12
256面；14.8×20公分
ISBN 978-986-510-256-2（平裝）

863.55　　111018974

建議分類｜華文創作、散文